バブル

武田綾乃

集英社文庫

contents

character

キャラクター紹介

ヒビキ

主人公。特殊な聴覚の持ち主で『泡の声』を聞くことができる。バトルクールの巧者。

ウタ

海に落下したヒビキを救った謎の少女。コラージュのような奇妙な格好をしている。

バトルクールチーム

『ブルーブレイズ（BB）』

オオサワ

温厚な性格の大柄な男。裁縫や料理が得意。

イソザキ

真面目で冷静な分析官。元アスリート。

カイ

リーダー。協調性を重んじる仕切り屋。

ウサギ

チーム最年少の少年。お調子者。

マコト

NPO法人から派遣された科学者。重力泡の観測を行っている。

シン

バトルクール発案者。『内地』の若者たちが唯一慕う大人であり、マコトの協力者でもある。

BBのライバル

チーム
『アンダーテイカー』

チーム
『関東マッドロブスター』

チーム
『電気ニンジャ』

world
世界観

水没した東京

今から五年前、世界中で突然降り始めた『泡』。それは異常な重力場を発生させ、深刻な被害を及ぼした。そして唯一の爆心地である東京は、巨大なドーム状の『壁泡』に包まれた。ドームが生まれたタイミングで東京以外の泡は止んだにもかかわらず、壁泡内でのみ降泡現象は継続した。ようやく泡が降り止んだ頃、東京は水没していた。今もなお、壁泡の内部には未知の重力場が発生し、車や建物が浮遊した異様な光景をもたらしている。

浮島　ヒビキの隠れ家。彼しか辿り着けない高所にある。

令洋　渋谷に流れ着いた故障船。BBの拠点となっている。

バトルクールのルール

決められたスタート地点から走り出し、ゴール地点に設置されたフラッグポールを先に手にしたチームが勝利となる。

スタート地点からゴール地点までには、『泡』の影響で異常な重力場が点在している。宙に浮いた『障害物』を足場にしてフラッグポールを目指さなければならない。

チーム間での妨害は許されているが、激しい暴力などはダーティープレイとして忌避される。

プレイヤー数は一チームにつき五人。海に落下するとその時点で失格となる。

ゲームの勝者は、お互いに賭け合った『物資』を戦利品として総取りできる。

バブル

BUBBLE

00.

その瞬間、運命が空から落ちて来た。

落下する少年の身体《からだ》が、海面へと叩《たた》きつけられる。濃い青色をした海に、激しく白い飛沫《しぶき》が上がる。傷だらけの少年の身体には、小さな気泡がびっしりと纏《まと》わりついていた。荒れ狂う海流に翻弄され、彼の身体は足掻《あが》けば足掻くほど深い場所へと沈んでいく。

——深い深い海の底に、人魚の城があった。

意識が遠のきつつあるのだろう。少年はやがて、動きを止めた。青ざめた彼の唇が僅かに震え、そこから呼気が吐き出される。二酸化炭素を閉じ込めた小さな泡の粒は海流に乗り、そこに存在した水色の泡とぶつかった。水中に小さく起こる、ビッグバンを思わせる水の衝撃。まるで精子を取り込む卵子のように、二つの泡が一つに融合した。

——城には人魚の王と人魚姫たちが住んでいた。一番末の人魚姫は鈴の音のような美しい声を持っていて、海の上にあるという人間の世界に身を焦がすほど憧れていた。

融合した泡は一気に膨れ上がり、すぐさま収縮する。泡は二つに分裂し、さらに四つになる。一つ一つの泡が分裂を繰り返し、一秒足らずの間に無数の泡の粒が生まれた。その泡の群れは、やがて一つの輪郭を作り始める。まずは肩、そして腕、指先……。無機質だった泡の塊は、次第に少女へと変化する。泡で形成された下半身の先は魚の尾びれの形をしており、それが左右に動く度に周囲の水が掻き混ぜられた。

——人魚姫はまるで熱に浮かされたかのように、王子からいつまでも目を離すことができなかった。

少女は少年を見た。その出会いは、少女にとってまさしく運命としか言いようがなかった。

まさか、再び彼に巡り会えるだなんて！

出来上がったばかりの腕を駆使し、少女は水を掻き分けて少年の元へと進んだ。彼の柔らかな黒髪が水の中に漂っている。水分を含んで重くなった衣服の上から、少女は少年の腕を摑《つか》んだ。

呼吸することを止《や》めた彼の唇へ、少女は自身の唇を押し当てる。そのまま酸素を注ぎ込むと、脱力していた彼の指先がピクリと震えた。

絶対に助ける。

ただそれだけを胸に、少女は少年の身体を抱き締めた。その肌の下に残る熱は、彼がまだ生きていることの証《あかし》だった。

01. argonaut

【side　ヒビキ】

東京は捨てられた。

五年前、腐るほど聞いた台詞《せりふ》だ。世界中の人間がそう言っていた。テレビでも、新聞でも、ネットでも。だけどヒビキは十七歳になった今も東京で生きている。だから、東京は捨てられてなんかいない。少なくとも、ヒビキにとっては。

柵の上に置いた自身の腕には、うっすらと骨と筋肉のラインが浮き上がっていた。縦に並んだ鉄の棒に沿って、視線を下げる。足にピタリとフィットする靴、それが踏みしめているのはコンクリートの固い床だ。名も知らぬビルの屋上に敷き詰められた、正方形の灰色のタイル。

さらにその先、柵の外側へと目を向けると、ごくありふれた東京の風景が広がっている。

倒壊したビル群。管理する人間がいなくなった建物の劣化は著しく、錆《さび》の目立つ壁面には蔦《つた》が這《は》っている。

急激に海面が上昇したせいで、東京一帯は四階辺りまで水に浸《つ》かってしまっていた。五年前まで使用していた道は軒並み使えなくなり、今の移動手段は専ら小型船だ。あるいは、空を跳んで進むか。

ヒビキは顔を上げる。宙を漂う透明な泡が、太陽光を反射して煌《きら》めいている。海面に浮かぶホイップクリームのようなムース泡とはまた別の、シャボン玉のようなまん丸な泡だ。

五年前、世界には泡が降った。

所謂《いわゆる》、『降泡《こうほう》現象』というやつだ。恐らく、社会の教科書にも載っている。外の世界には久しく行っていないから、今の教科書がどのような内容になっているかは知らないが。

アメリカ、ヨーロッパ、オセアニア、アフリカ、アジア……広範囲の降泡は、当然のごとく日本にも及んだ。そして十分ほど世界に降り注いだ泡は、突如として止んだ。

——ただ一か所、爆発が起こった東京を除いて。

五年前のあの日、降泡現象の唯一の爆心地となった東京は巨大なドーム状の『壁泡《かべあわ》』

に包まれた。二十三区のほとんどの地を覆うそれは、シャボン玉を半分に割ったような形をしていた。壁泡が生まれたタイミングで東京以外の泡は止んだにもかかわらず、壁泡内でのみ降泡現象は継続した。積もり積もった泡が潰れて水になる頃、東京の多くの地は水没し、日本の首都ではなくなった。

この降泡現象が東京にもたらした被害はとんでもないものだった。壁泡の内部には未知の重力場が発生し、その影響で車や建築物の一部は浮き上がり、今もなお宙を漂っている。そして何より、空には無数の泡が弾《はじ》けることなく漂っている。

泡と一口に言っても、その性質は様々だ。水上に存在するムース泡は水に溶けづらく、東京の海面一帯を覆っている。

一方、浮遊する泡は、一見するとシャボン玉にしか見えない。その大きさには差があり、人より大きいものもあれば米粒大のものもある。

この浮遊している泡は、見た目は同じでも耐久性が違う。耐久性のないものは普通のシャボン玉のように触っただけでパチンと弾ける。逆に、耐久性のあるものは、物理的な刺激を加えても簡単には壊れない。力を加えると、ぽよんと強く押し返される。弾力性のあるゴムボールの感触に近い。

泡の耐久性は千差万別で、それを見分けるには実際に触れたり乗ったりするほかない。触れるとすぐに壊れる泡。力を加えることでようやく壊れる泡。人が乗っても平気な泡。

東京の空に浮遊している泡は、全て似たような顔をしているくせに性質《なかみ》が全然違っている。

ヒビキは柵にかけた手に力を込めると、軽やかに跨《また》ぎ越えた。屋上から離れた靴底は一瞬だけ居場所を失い、しかしすぐに浮遊する泡へと着地する。踏みつけられた泡はすぐさま反発し、ヒビキの身体を押し上げる。その力を利用すれば、空を跳ぶなんて造作もない。

廃、と頭に付けるのが相応《ふさわ》しいビル群の隙間を、ヒビキはスキップするように歩いた。耳を覆い隠すヘッドフォンを外すと、耳に風が触れて心地よかった。汗で湿った黒髪が、一瞬だけ耳をくすぐる。乾いた唇の端を、ヒビキは舌先でそっとなぞった。

爆発が起こったあの日、東京では大勢の人間が死んだ。

即座に避難指示が出され、生存者たちは都内から脱出した。空っぽになった東京には世界中から調査隊が送られたが、誰一人として謎を解き明かすことはできず、一人、また一人と東京から離れていった。

偉い学者サンたちの話によると、壁泡による人体への影響は今のところ分かっていないらしい。それでも長期間滞在することによって健康被害が生じるリスクや局所的に発生する重力異常、建築物が倒壊する危険性を鑑み、現在の東京は居住禁止区域に指定されている。

だが、そんなことはヒビキの知ったことではない。

東京には、不法滞在者と呼ばれる若者が今なお住み着いている。幾度となく退去命令を無視し、彼らは東京の特殊な環境を利用した危険なゲームに興じている。ヒビキもまた、その一人だ。

別に、東京に愛着があるわけじゃない。ただ、どこに行っても独りなのだとしたら、自分がどこにいようと同じというだけの話だ。

「なあ、お前は次の電ニンとBB《ビービー》の試合、どっちに賭ける?」

「それ聞く意味あります? ブルーブレイズ、ここまで42戦37勝っスよ」

泡の上を跳び進んでいたヒビキの耳に、不意に気の抜けた声が飛び込んでくる。顔を向けると、廃ビルの屋上の一角で男二人が座り込んで駄弁《だべ》っていた。

祭り衣装を連想させる、特徴的なシルエット。男たちはゆったりとしたパンツに、腹掛けに似たデザインのトップスを身に纏っていた。間違いない、関東マッドロブスターのメンバーだ。

男たちはこちらに気付いてはいないようで、だらだらと喋《しゃべ》り続けている。

「でもお前、今度の試合は電ニンのホームだろうが」

「じゃ、先輩は電ニンに賭けてもらっていいっスけど」

「いやそれは……ほら、BBのエースつえーし」

「何が起こるか分かんないのがバトルクールだって、先輩言ってたじゃないっスか」

バトルクールとは、内地——壁泡の内側をそう呼んでいる——の若者の間で流行しているゲームだ。バトルとパルクールを混ぜてそう呼ばれるようになったと言われている。

居住禁止区域に指定されて以降、内地は無法地帯だった。まず、治安を維持する警察がいない。通信会社が撤退したために、ネットの電波もなかなか入らない。インフラ設備が激しく損傷しているため、生活環境を整えるのも難しい。

それでも、ＮＰＯが支援物資を定期的に供給してくれるおかげで、この地の生活はなんとか成り立っている。だが、最初の頃はその物資や縄張りを巡っての争いが頻発した。その問題を健全に解決させるべく生まれたのがバトルクールだ。

内地には幾つかのバトルクールチームがあり、それぞれ拠点が存在する。その中でも有名な四つのチームがあった。

秋葉原を拠点とする『電気ニンジャ』。

練馬を拠点とする『関東マッドロブスター』。

お台場を拠点とする『アンダーテイカー』。

そして、渋谷を拠点とする『ブルーブレイズ』。

先ほど男が言っていた電ニンとは『電気ニンジャ』、ＢＢとは『ブルーブレイズ』の略だ。

それぞれのチームが自分たちの持つ食料や生活必需品を出し合って賞品とし、勝った方はそれらを得ることができる。内地は娯楽がほとんどないため、試合はいつも大盛況だ。勝手に試合結果を賭けの対象にしている連中もいる。

「じゃ、お前が電ニンに賭けるか？」

先輩と呼ばれた男が軽く顎をしゃくる。もう一人の男は肩を竦《すく》めた。

「絶対イヤっスよ。負けると分かってて賭ける馬鹿がいます？」

「だよなぁ」

ぼやく男の顔が何気なくこちらに向けられる。バレた、とすぐに分かった。いや、最初から隠れていたわけじゃないのだけれど。

なんとなく気まずさを感じ、ヒビキは泡を蹴った。身体が一気に浮上する。「あっ」と男は間抜けな顔で口を開いた。

「アイツ、ＢＢのエースじゃん」

「うわ、聞かれてたんスかね」

「距離あっから聞こえてねーだろ。どんだけ地獄耳だよ」

ハハハ、と響く軽薄な笑い声が不愉快で、ヒビキは首にかけていたヘッドフォンで両耳を塞いだ。

ヘッドフォンは初めからどこにも繋《つな》がっていない。当然、何の音楽も聞こえない。耳が塞がり、周囲の音がくぐもって聞こえるだけだ。――だが、それでいい。

この世界は、ヒビキにとって騒がし過ぎる。


かつてはファッションビルが立ち並んでいた渋谷の街は、水位が上がった今では辺り一帯が海に覆われていた。水没したビルとビルの狭間《はざま》に浮かぶ、一つの巨大な船。測量船『令洋《れいよう》』である。

当初は白く、滑らかだったであろう表面には赤錆が浮き出ている。船を固定しているロープは蔦で覆われ、部位のあちこちに張り付く深緑色の苔《こけ》が目立つ。

この令洋こそが、ブルーブレイズの拠点だった。

船として使用できればさぞかし便利だろうが、残念ながら令洋が動いているところを今まで一度も見たことがない。これだけの年代物だ、動かすのに必要なパーツが損傷してしまっているのだろう。まぁ、現在の令洋が単なる船型のオブジェであったとしても、住居として使えるだけで万々歳なのだが。

泡を跳び移る勢いそのままに、ヒビキは船の前方にある甲板へと降り立った。その途端、鋭い声が飛んでくる。

「ヒビキ！」

ガンガンとわざとらしく立てられた足音に、ヒビキの眉間には自然と皺《しわ》が寄った。目の前に立つ男が頭に被《かぶ》っている薄手のニットキャップからは、やや癖のある長い茶髪が零《こぼ》れている。一重瞼《ひとえまぶた》の切れ長の目に、への字に曲げられた唇。不服だと言わんばかりの面付きで、男はヒビキを睨《にら》みつけた。

彼の名は、カイ。ブルーブレイズのリーダーだ。

「どこ行ってたんだよ」

問われ、ヒビキは目を逸《そ》らした。

「別に」

「明日は試合なんだぞ？」

「だからなんだよ」

「自分勝手な行動は迷惑だっつってんだよ。お前は分かってないだろうけどな、チームプレイってもんがこの世には存在するんだよ。分かるか？　チーム・プ・レ・イ！」

カイは嫌みったらしく、一音一音区切るように発音した。ヒビキは右手でヘッドフォンを強く耳へと押し当てる。

「分かってるって」

「いんや、お前は協調性ってもんを分かってないね。エースとか言われてチヤホヤされてっから」

「別にされてねーよ。試合では貢献する。それでいいだろ」

カイの肩を手で押し退《の》けるようにして、ヒビキは甲板から足早に去ろうとした。

「明日はシンさんも来るんだ、無様な姿は見せらんねーぞ！」と、カイの声が後方から聞こえてくる。だが、返事をするのが億劫《おっくう》で無視した。カイのことは好きでも嫌いでもないが、コミュニケーションを取ることに煩わしさを覚える。令洋での集団生活は、ヒビキにはあまり向いていない。

通路を歩いていると、窓から外の様子がよく見える。ざっくりと説明すると、令洋は五階建てのような構造になっており、一階と二階がメインの居住スペースとなっている。さらにその上に、船に必須な船長室や観測室、操舵室《そうだしつ》がくっついているというわけだ。

三階部分前方と二階部分後方には広い甲板があり、それぞれを区別するために「前甲板」と「後ろ甲板」と呼んでいる。普通は前方をオモテ、後方をトモというらしいが、船にまつわる知識がなかったためにそうなった。

泡を使ったバトルクールの練習は、専ら後ろ甲板で行うことが多い。また、鶏の飼育ゲージや菜園スペースも後ろ甲板にある。

この令洋には現在、ヒビキを含めて六名が住んでいる。

五名はバトルクールに参加している若者で、残り一名は都外からやって来た大人だ。基本的にはこの六名で生活しているのだが、時折シンが様子を見にやって来る。先ほど、カイが名前を口にしていた男のことだ。

シンは、よく分からない大人だった。

年齢は恐らく四十歳。職業はガイドで、壁泡の外に住む人間相手に内地の案内をしている。案内といっても観光ではなく、もっと真面目なやつだ。相手は重力場の研究を行う学者だったり、なんちゃら機構のお偉いさんだったりする。

内地に残っている若者たちはそうした権力の臭いを漂わせる大人が嫌いだ。だが、シンのことは皆、尊敬している。その理由はシンプルで、彼がバトルクールの立案者だからだ。

バトルクールにその名がつく前、ルールなんてものはなかった。何をもって勝者とするかが決められておらず、場外乱闘も日常茶飯事だった。そのルールを確立させ、バトルクールをゲームとして成立させたのがシンだった。今では彼がバトルクールの審判を務めている。

内地の若者にとって、シンはカリスマだ。だが、ヒビキにとってはそれだけではない。

五年前の降泡現象による災害の後、入院していたヒビキの元にシンは現れた。

「この方が身元引受人のシンさんよ」と看護師は言った。

ありがたいでしょう、そう言わんばかりの態度だった。身寄りのないヒビキにとって、それは願ってもない提案だったのだと今となっては思う。だが、当時のヒビキは看護師の言い方が気に食わなかった。なんだか、感謝を強要されているみたいだったから。

「急にそう言われても困るよな」

看護師が部屋を出て行った後、シンはそう言って首筋を軽く掻いた。胡散臭《うさんくさ》い、というのが第一印象だった。彼は少し跳ねる程度に伸ばした髪をざっくりとヘアバンドでまとめていた。白いTシャツ越しでも、その肉体の逞《たくま》しさが容易に見て取れる。大柄だが、飄々《ひょうひょう》とした雰囲気のおかげで威圧感はそこまでない。

病室のベッドに座っていたヒビキは、ヘッドフォンを外さないままシンの方へ身体を向けた。

「俺は、助けてほしいなんて言ってないですけど」

感情を込めずに言おうとしたのに、なぜだか強情な響きになってしまった。子供っぽい、とヒビキは自分の唇を軽く嚙《か》む。

「俺も、君を助けられるとは思ってない」

軽薄な口調だった。同情や憐憫《れんびん》を感じさせない、どこまでもフラットな声。シンが眼《め》を細めると、その目尻に浅く皺が寄った。

「でもさ、なんとなーくほっとけなくて」

うっすらと髭《ひげ》の残る口元を擦《さす》りながら、シンは口端をついと上げた。拍子抜けして、ヒビキは「はあ」と曖昧に相槌（あいづち）を打った。変な大人だと思った。

「ま、よろしく頼むよ」

そう言って差し出された左手には幾つかの傷があった。その薬指に嵌（は）まったシンプルなデザインのシルバーリングが、妙にヒビキの胸をざわつかせた。

シンとはあれから五年ほどの付き合いになるが、今の彼に家族はいない。それが何を意味しているか、東京に残っている人間なら容易に察しがつく。だけど誰もわざわざそれを深く追及したりはしない。

大切なものを失った経験は、ここではそう珍しいものではないからだ。

「ウサギ！　あんま羽目を外すなよ」

聞こえた声に、ヒビキはハッとして我に返る。後ろ甲板の方を見遣《みや》ると、ブルーブレイズのメンバーたちが明日の試合に向けて練習を行っていた。

「なんだよ、口うるさいこと言うなって」

そう唇を尖《とが》らせているのは、ブルーブレイズ最年少のウサギだ。年齢は多分、十歳くらい。金髪のサイドを刈り上げ、三つ編みにしている。二本の短い三つ編みがぴょんぴょんと飛び跳ねる様は、確かにウサギを思わせる。

「大事なことだから何度も言うんだよ。野良泡は危険だ」

その傍《そば》で真面目に注意しているのはイソザキだ。年齢は二十歳くらい。スポーツ刈りに、ハーフリムの黒縁眼鏡。クールな見た目通り、中身も冷静沈着だ。

「泡は泡だろ」

そう反論し、ウサギは宙を漂う泡にぴょんぴょんと跳び移っている。イソザキが溜息《ためいき》を吐《つ》いた。

「重力場が狂っていると変な方向に弾かれるんだよ。踏む時は慎重に、ルートを見極めてからじゃないと」

野良泡とは、人の通行歴がほとんどない指向性未検証の泡のことだ。

東京のあちこちに泡は存在しているが、通行ルートとして使われる泡というのは大抵決まっている。浮遊する泡は見た目が同じでもそれぞれ性質に違いがあるため、踏んだ時の跳ね方や進む方向がバラバラなのだ。検証不十分な野良泡を使う場合、思いもよらぬ方向に跳ねたりするせいで事故の発生率が高い。

真面目な顔をするイソザキを指さし、ウサギはカラカラと明るく笑った。

「イソザキはビビりだなぁ！」

「無謀と勇敢をはき違えるなって話をしてるんだよ。海には蟻地獄《ありじごく》もある、ハマったらオシマイだ」

「だから大丈夫だっての。……あっ、ヒビキ！」

目敏《めざと》く見つけられ、ヒビキはその場で硬直した。口から勝手に溜息が漏れる。騒がしいのは好きじゃない。

ウサギは泡からデッキへ跳び降りると、タタタとヒビキの元へ駆け寄って来た。イソザキが慌ててたしなめる。

「ヒビキは疲れてるだろうから、あまりちょっかいをかけるな」

「別にかけてねーって。ってか、ヒビキのどこが疲れてるって？　コイツ、今日はなんの当番もしてないじゃん」

痛いところを突かれ、ヒビキは顔をしかめた。

令洋内の家事は当番制になっているのだが、炊事や掃除などを得意な人間に押し付けがちな傾向があるのは否めない。目の前のイソザキなんかがそうだ。細かいところまで気付く性分のせいで、そんなところまでやるのかと思うような箇所をよく雑巾で磨いている。

「なーなー、どこ行ってたんだよ！」

ウサギはどんぐり眼をぱちりと開き、屈託のない声で言った。

「別に。ただの散歩だよ」

「またタワーか？」

問いに、ヒビキは口を噤《つぐ》む。ウサギはこちらを見上げていた。その両目に滲《にじ》む、悪意のない好奇心。

「ヒビキってほんとタワーが好きだよな！」

「…………」

「なんだよー、なんか言えよー」

「俺はあんまり好きじゃないな」

会話に割り込んできたイソザキを見遣ると、ほっそりとした彼の指が海を隔てた向こうを指さした。ムース泡の浮かぶ海面の先に、赤いシルエットがくっきりと浮かび上がっている。

港区にそびえ立つ、かつての東京のシンボル。『タワー』だ。

「あの場所は、あまりに東京の象徴であり過ぎた」

ハーフパンツから覗《のぞ》く自身のふくらはぎを擦り、イソザキは皮肉めいた口調で言った。ここにいる多くの人間にとってそうであるように、彼にとってもまた、『タワー』は特別な存在なのだろう。

良い意味でも、悪い意味でも。

テーブルの中央に、ゴトリと大皿が置かれた。令洋で飼っている鶏が今朝産んだばかりの卵と菜園でとれた野菜のキッシュだ。中央から包丁で切り目を入れると、ごろごろとした野菜の断面がヒビキにも見て取れる。きゅうりとニンジンが合わさったような見た目をしたそれは、菜園で育てているうちに勝手に交配して生まれたものだ。見た目は不格好だが、意外と味は悪くない。

その隣に置かれた皿に載っているのは、仕掛けていた網から回収した小魚のから揚げだ。長テーブルの各席の前には取り皿用の小皿と白米の盛られた茶碗《ちゃわん》が等間隔で並んでいる。今日の夕食は豪勢だ、と盛られた白米を見ながら思う。

今の東京では、食料は貴重品だ。

なんせ、コンビニやスーパーがない。ネットショッピングなんてもってのほかだ。居住禁止区域の東京で食料にありつく手段は、自給自足、物々交換、外部からの支援物資……なんてものに限られる。あとはバトルクールで戦利品を得るくらいだ。

ブルーブレイズの今期の勝率は上々。貴重品である白米を日常的に食べられるのは、偏《ひとえ》にバトルクールのおかげだった。

「マコト、俺もっと大盛りがいい！」

「最初から盛らなくていいでしょ。食べてからお代わりしなさい」

「ちぇっ」

定位置の席に着いたヒビキの耳に、わいわいと騒がしい声が届く。どうやらウサギが駄々をこねているらしく、それを眼鏡姿の女性——マコトが呆《あき》れ顔で注意している。

黄色のパーカーの上からラフに白衣を着て、茶色の髪を高い位置でサイドテールにしている彼女は、都外にあるＮＰＯ法人から派遣された現地調査員の科学者だ。仕事内容は壁泡内の重力場の変化の観察と内地に残っている未成年の監視（泡による人体への影響の調査）、と前に本人から聞いたことがある。他にも色々と仕事があるようだが、専門的過ぎてヒビキには理解できなかった。

マコトは普段から赤いフレームの眼鏡を掛けており、容姿からは知的な印象を受ける。年齢は多分、二十代のどこか。自分たちより年上の、大人の女ってことしかヒビキには分からないし、それ以上のことを知る必要もない。

ここにやって来た調査員の科学者は、マコトで何人目になるだろう。令洋に住む若者とウマが合わないという理由で去っていった大人は過去に何人もいたが、マコトは今までの調査員の最長記録を大幅に更新し、半年以上この船にいる。酒を飲み過ぎるところが玉に瑕《きず》だが、カイ曰《いわ》く、そこが大人っぽくていいらしい。

「まぁまぁ、ウサギは成長期だから」

そうやってマコトを隣で宥《なだ》めているのは、この船で一番温厚と言われているオオサワだ。シンよりもさらに体格がよく、ヒビキより頭一つ分ほど背が高い。年齢は二十一歳だ。編み込んだドレッドヘアを後ろでまとめ、サイドはさっぱりと刈り上げている。ヒビキよりもずっと大きい手をしているにもかかわらず、オオサワは細かい作業が得意だ。

令洋内の裁縫仕事は彼に一任されている。

ヒビキ、カイ、ウサギ、イソザキ、オオサワに、科学者のマコトを加えた六人が現在の令洋に住む全メンバーだ。

「早く食べないと冷めるぞ」

オオサワに促され、マコトは渋々頷《うなず》いた。今日の夕食担当はこの二人だから、少しでも美味《おい》しい状態で食べてもらいたいのだろう。

「そうね。ほら、ウサギもさっさと座って」

「しゃあねぇなあ」

皆が席に着いたのを確認し、マコトが両手を合わせる。

「それじゃ、いただきます」

「いただきます！」

号令に従い、皆が同じ言葉を口にする。ヒビキは声には出さず、軽く会釈するに留《とど》めた。こうした挨拶が嫌いというわけではないが、わざわざ皆でやる必要性も感じない。

目の前に置かれたカップには、『H・A』と自分のイニシャルがマジックで書かれている。令洋では決まった食器を使うというルールはないのだけれど、カップだけは自分のものと他人のものを区別できるようにしている。

リーダーのカイは『戒』なんて、音の響きだけで気に入った漢字をサイン代わりに書いているし、ウサギは『USAGI』というあだ名の上にわざわざ『疾風の衝撃』なんてこっぱずかしいフレーズを書き添えている。オオサワとイソザキはそれぞれ本名で『大沢靖』、『磯崎健太』、マコトは『わたぬきまこと』と自分の手で名前を書き込んでいた。

「うわ、これマジで美味しいです。マコトさん！」

キッシュを一口食べ、カイが身を乗り出して言う。マコトはヒラヒラと片手を振った。

「盛り付けたのは私だけど、作ったのはオオサワだから」

「気に入ったんなら嬉《うれ》しいなぁ。どんどん食べてよ」

にこにこと笑みを深くしながら、オオサワがカイの皿にキッシュを追加した。一連のやりとりを見ていたウサギがククク と顔を下に向けて笑う。テーブルの下で、その足をカイが蹴った。

「昨日収穫したやつか？」

イソザキがキッシュを箸で半分に切りながらオオサワに問いかける。

「そうそう。今回の収穫分は虫食いが少なくて良かった」

「明日は煮物にしてもいいかもな」

「煮魚と合わせて和風に仕上げるのもアリだな。本当は味噌汁《みそしる》を作れたらいいんだけどさぁ、なかなか味噌は手に入らないから」

「明日の試合の戦利品に入ってるかもな。きゅうりにつけて食べたい」

「それいいな。醬油《しょうゆ》もそろそろなくなりそうだから欲しいところだよ」

言葉を交わす二人から目を逸らし、ヒビキはヘッドフォンをつけ直した。食器と食器が擦《こす》れる音。椅子の軋《きし》み。微《かす》かに感じる海面の震え。特別に意識しなくとも、世界には音が溢《あふ》れている。

「ヘッドフォン、邪魔じゃない？」

ヒビキの視界を遮るように、白衣に包まれた腕が伸びる。隣に座っていたマコトがキッシュを自分の皿に取り分けていた。

「別に、邪魔じゃないですけど」

端的に答えると、マコトは「ふうん」とつまらなそうに鼻を鳴らした。

「普段さ、何聞いてるの」

「別に何も」

「何もって、どういう意味？」

「そのままの意味です。これは何かを聞くためじゃなくて、余計なものを聞かないためにつけてるだけなんで」

ノイズキャンセリングヘッドフォンはヒビキにとってもはや身体の一部だ。世界はうるさ過ぎるけれど、これをつけていると気分は少しマシになる。

物心ついた頃から、聞こえ過ぎる自分の耳に苦しめられてきた。けれど五年前のあの災害の日を境に、周囲のノイズは少し減った。

　ここでは車が走らない。電車が走ることもない。電波を介して耳障りな噂話《うわさばなし》を聞くことも、氾濫する機械音に呑《の》み込まれることもない。

「『愚か者にとっての幸福とは、知りたくないことを知らないままでいることである』」

「はい？」

　突然告げられた台詞に、ヒビキは軽く眉をひそめた。マコトがキッシュを箸の先端で割く。赤色の箸が卵の黄色に沈み、具材の詰まった中身を暴く。

「父親がよく言ってたの。たとえ幸せを得られるとしても、自分は愚か者にはなりたくないって。私もそう思う」

「なんなんですか、いきなり」

「なんとなくよ。ホント、なんとなく。強いて言うなら、悩める若者にエールを送ってあげたいってだけかな」

「それは仕事だからですか」

「そんなつもりじゃないけど？　なんでもかんでも仕事に結びつけて生きてるわけじゃないって」

「そんなこと言ってさ、マコトがここで生活してるのは『お仕事』だからだろ？」

向かいの席に座っていたウサギが、突然会話に割り込んできた。「年上には『さん』をつけろよ」とカイがやいやいと文句をつけているが、周りの人間がマコトを呼び捨てにするのは今に始まったことではない。

口の中に入っていた白米を呑み込み、ウサギは揶揄《やゆ》するように言った。

「マコトは給料がイイから俺たちと暮らしてる。安けりゃ絶対に暮らしてない」

「そりゃ、ギャラは大事な条件でしょ。なんてったって大人ですから」

あっさりと言い放ち、マコトは小魚のから揚げを口に放り込んだ。バリバリと嚙み砕き、冷えたお茶を一気飲みすることで胃に流し込む。その豪快な振る舞いに、イソザキが苦笑した。カイはというと、「そんなマコトさんも素敵です」と馬鹿みたいな台詞を吐いている。

マコトのこうした割り切った態度を、ヒビキは好意的に受け止めていた。今までNPO法人から派遣されてきた科学者たちは、ヒビキたちを保護すべき可哀想《かわいそう》な子供という目でしか見ていなかった。しかし、マコトの眼差《まなざ》しにはそうした湿っぽさを感じない。

「マコトさん、ずっとここにいてくれてもいいですからね！」

熱を帯びたカイの言葉を、マコトは肩を竦めて受け流した。

「少なくとも、泡が休眠期の間はここにいるつもりよ。アンタたちは大事な調査対象ですから」

翌日は快晴だった。絶好のバトルクール日和だ。空を漂う透明な泡たちが日光を反射し、幻想的な輝きを纏っている。

「ちゃんとジャケットつけろよな」

「分かってるって」

カイに注意され、ウサギが片頬を膨らませた。バトルクールにユニフォームについての規定はないが、どのチームもライフジャケットだけは着用している。落水した時に事故が起こるリスクがあるからだ。

スタンバイ位置である廃ビルの屋上で、ヒビキは軽く屈伸をした。向かい側のビルの屋上には、今日の対戦相手である電気ニンジャの面々が揃《そろ》っている。

バトルクールのルールは至ってシンプルだ。決められたスタート地点とゴール地点があり、ゴール地点にあるフラッグポールを先に手にしたチームが勝ちだ。陸上競技のような平地のルートがあるわけではなく、高低差のある障害物や多くの泡を足場にして、パルクールのように跳び、登り、走る。そういうゲーム。妨害は許されているが、激しい暴力などはダーティープレイとして忌避される。

プレイヤーは一チームにつき五人。海に落下するとその時点で失格となる。ブループレイズの出場メンバーはカイ、ヒビキ、イソザキ、オオサワ、ウサギだ。余剰人員はいないため、毎回代わり映えがしない。

「アキバはちょっと苦手なんだよな」

腕を伸ばしながら、イソザキがオオサワに向かって笑いかけている。試合着になると、イソザキのスラリとした手足の長さが見て取れる。しなやかについた筋肉はまさに陸上選手といった感じだ。

黒縁眼鏡の端を指で持ち上げ、イソザキはゴール地点へと目を向けた。

「オオサワはどうしたい」

「んー、俺はスピードに自信ないからできるだけフォローに回りたいけど」

「そういやカイの奴《やつ》は張り切ってたな」

「マコトがいるからじゃない？」

手で庇《ひさし》を作り、オオサワが遠く離れた場所にあるゴール地点へ目を向ける。フラッグポールの設置されたゴール地点はビルの屋上にあり、出場していない他チームの奴らや審判のシン、応援のマコトが双眼鏡を片手に試合を見守る手筈《てはず》となっている。

ヒビキは息を吸いこみ、胸を膨らませた。耳を塞ぐヘッドフォンを両手で強く押し込むと、ふっと周囲の音が遠ざかる。

秋葉原は他の街に比べ、色彩が特に騒がしい。ビルから吊《つ》るされたカラフルな垂れ幕には、「コラボカフェ」だの「アイドルステージ」だのという文字と共に過去の日付が記されている。水没した電信柱。蔦の絡まる電線。時の流れを感じさせるものは至る所に存在するが、五年前に放映されていたアニメのヒロインは一切姿を変えることなく、大看板からこちらに微笑《ほほえ》みかけている。

カカァ、と鳴きながら空を飛ぶ鳥の大群のすぐ傍では、浮き上がった建物の破片がフラフラと宙を漂っていた。泡の影響で異常な重力場が発生した箇所では、破片どころか自転車や車が空に宙吊りになっている。明らかに不自然な光景だが、今の東京ではこれが日常だ。

「ＢＢ集合」

カイの一声に、スタンバイしていたメンバーたちが屋上の一角に集まる。ヒビキはメンバーから距離を取り、かろうじて声が届く場所に腰掛けた。

ニットキャップを目深にずり下げ、カイはこちらを軽く睨みつけた。いつものことなので無視していると、彼は諦めたように頭を振り、残りの面々に向き合った。

「今日の相手は電ニン、協力プレイが得意なチームだ。王道の試合運びをするだろうから、俺らもそれに対応した方がいい」

「ハイハイ！　俺、正面突破したい」

片手を挙げ、ウサギがその場で元気よく跳ねる。「じゃ、ウサギはＣルートがいいかもな」とイソザキが肩を竦めた。

秋葉原エリアは幾度となく公式戦が行われているため、既にルートが確立されている。メインルートと呼ばれているものは主に三つ。

東へ迂回《うかい》してゴールを目指す、しっかりとした足場の多いAルート。

西寄りの、水没したビルや鉄骨を伝って進むBルート。

そして、安定した足場はほとんどないがゴールまでの距離が最も短いCルートだ。

これら三つのルートは、最終的には一つに交わる。秋葉原の最大の難所はこの交わった場所、重力渦エリアだ。すぐ真下の海面に『蟻地獄』と呼ばれる渦潮が大量に発生している地点である。

蟻地獄は降泡現象以降に各所に見られるようになった現象で、呑まれたら最後、海底へと引きずり込まれる。流れが滅茶苦茶《めちゃくちゃ》なため、落下して命を落とす事故がよく起こっていた。最近では蟻地獄周辺での危険なプレイは避けるという意識が定着してきたため、大きな事故は起こらなくなったが。

「それじゃ、俺とウサギがCルートを担当する。イソザキとオオサワはAルートで妨害。それでBルートの陽動は、」

そこで言葉を切り、カイがこちらに指を突き付ける。

「ヒビキな」

返事はしなかった。する必要がないと思ったから。

会話を続ける四人を放置して、ヒビキはその場からふらりと離れた。柵を乗り越え、かけられている板を橋代わりにし、隣のビルへと移り歩く。

エレベーターなんてものは当然ながら動いていないから、建物の移動は大抵、外付けされた階段を使う。今日の試合を見に来た奴らは階段の一角に陣取ったり、あるいはモーターボートに乗ったりして、試合を観戦しようとしている。

水色のパーカーの上から、ヒビキはライフジャケットをつけ直す。布越しに身体を締めると、気持ちも引き締まった感じがする。ストレッチ素材のパンツの裾を軽く引っ張り、それから離す。試合はいつもこの格好で出るが、その度に動きの邪魔にならないかを確認したくなる。

身体は常に、百パーセントの純度で使いたい。

「そろそろ試合始まるぞ」

すぐ下の階段に陣取る観客が、連れに興奮した様子で語りかけている。自分に向けられた言葉ではないと分かっていても、ヒビキはつい眉間に皺を寄せた。

ヘッドフォンを耳につけたまま、スタート地点であるビルの屋上に降り立つ。電気ニンジャも、ヒビキを除いたブルーブレイズの面々も既にその場に集合していた。

「おせぇよ」とカイがこちらを睨む。その唇が「チーム・プ・レ・イ」と音もなく言葉を紡いだ。ヒビキは聞こえないように舌打ちする。

チームプレイだとか結束だとか、カイはいつも口うるさく言う。それが大事だってことは頭では理解できる。だが、馴《な》れ合いを必要としているのはヒビキじゃなくてカイたちの方だ。勝つために協力が必要だという言い分は、裏を返せば勝てるのならばわざわざ他人と協力する必要がないということではないか。

対面した電気ニンジャのメンバーたちは、真剣な面持ちでゴールを見つめている。柱に括《くく》りつけられたスピーカーから、シンが息を吸いこむ音が聞こえた。

「ブルーブレイズVS.電気ニンジャ……レディ、セット、ゴー！」

【side ブルーブレイズ】

その瞬間、十人の選手たちは一斉に動き始めた。

水没地域の周縁は壁泡がそびえ立ち、世界から東京を隔離している。その内部に存在する泡の上を、若者たちが疾走する。

廃車や看板の瓦礫《がれき》の山は絶好の足場となる。美少女がウインクを飛ばす漫画喫茶の看板の上を走り、二メートルは超えているだろうゲームキャラの巨大フィギュアをよじ登り、並ぶビルの境目を跳び越え、選手たちは上へ上へと駆け上がる。

バトルクールはお行儀よくかけっこする場ではない。敵よりも早くゴールを目指す。それはすなわち、敵への妨害を戦略として許すことを意味している。

「お先！　のろまなニンジャさん！　ニンニン！」

小柄なウサギは動きが軽やかですばしっこい。挑発的な性格も相まって、敵の動きを攪乱《かくらん》するのが得意だ。

「ジャマー、ルートCをブロック！　BBのチビを止めろ」

電気ニンジャの選手が声を上げる。ウサギは舌を突き出すと、ビルとビルの間を一回転しながら跳び越えた。「すばしっけぇ！」と敵が苛立《いらだ》ちを隠さずに舌打ちする。

その少し後ろでは、カイが先行する敵選手二人を追いかけていた。水没したアーチ鉄橋の上部を足場にして進む。剝《む》き出しの鉄骨には隙間があり、バランスを崩すと簡単に海へと落ちてしまう。

なだらかな斜面をカイは一気に駆け上がった。ウサギを追いかけていた敵が後ろを振り返り、切羽詰まった声を上げる。

「クソ、追いつかれる」

「潰すぞ」

息を揃え、敵選手が急転回する。同時に迫って来た二人のうち、まずは一人目を軽くかわす。勢いを殺し切れず前に倒れ込んだ相手の肩を足場にし、カイは勢いのまま二人目の身体を蹴り上げるようにして捻《ひね》り避《よ》ける。バシャン、と鉄橋の下から水飛沫が上がった。選手が落ちたのだ。

「カイ、おっせぇな！」

敵の追跡から逃れたウサギが、カイに向かって歯を見せて笑う。

「お前のフォローをしてやってんだよ」

「べっつにー、フォローとかいらねーもんね」

「調子に乗んなよ。ほら、さっさと行かねーと撒《ま》いたヤツらが追って来る」

「はいはい」

カイたちがCルートを進む一方、オオサワとイソザキの二人はAルートを進んでいた。ブルーブレイズの中でもイソザキは特に足が速い。平地であれば負けなしだ。柔らかな筋肉がばねのようにしなやかに動く。その美しいフォームを一目見れば、誰だって彼が陸上経験者であることを簡単に推測できるだろう。

その傍を走るオオサワは後方の敵の確認だ。背丈の高いオオサワは視野が広く、細かな異変に気付きやすい。

秋葉原ルートはAルートとCルートに敵が偏ることが多いため、フォーメーションも似たものになりがちだ。不安定な足場を一つ一つ見極めてルートを割り出して敵より先に進むことも重要だが、ルートに妨害者を置くことで速い敵をいかに進ませないかという戦略も大事になってくる。カイやウサギがアタッカーならば、オオサワは断然ディフェンダーだ。

「そういえば、ヒビキの姿が見えないけど」

周囲をきょろきょろと見回しながら、オオサワが心配そうに眉尻を下げた。イソザキが顔をしかめる。

「あー……またどっか消えたのかもな。すぐいなくなるから」

「Bルート担当って言われてなかったっけ」

「アイツは気紛《きまぐ》れだからなぁ。飽きて試合放棄したのかも」

「だとしたら、今ってもしかして、四対五になってるのか？」

「だな。……どう考えてもまずい」

眼鏡を人差し指で持ち上げ、イソザキが離れたビルの方を見遣った。そちらでは、カイと二人で進んでいたはずのウサギが敵に追い詰められていた。ゴール前の最難関、重力渦エリアだ。

「おい、チビをピッチ14に追い込んだぞ！」

Cルートを駆けるウサギに向かって指をさしながら、電気ニンジャの選手が味方に声をかける。カイと引き離されたウサギはまるで追い込み漁のように端へ端へと追いやられていた。

「しつけえ！」

思わずといった様子でウサギが叫ぶ。ウサギの現在位置から跳び移れるような足場はない。じりじりと距離を詰める敵に、ウサギははたと何かを思いついたような顔をした。ぱちりとした眼《まなこ》に、近くを漂う野良泡が映る。

「おい、ばかっ。やめろ」

ウサギの思考を瞬時に悟ったカイが、咄嗟《とっさ》に制止の声を上げた。しかし聞く耳を持たないウサギは、意気揚々と空へ跳び込む。

「野良泡チャレーンジ！」

踏み出した足が、漂う泡を捉える。靴底は泡の表面に柔らかく沈み込み、加えられた以上の力でウサギの足を跳ね返した。

小柄な体躯《たいく》が、未知の方向へと投げ出される。

予想外の事態に、ウサギの顔から血の気が引いた。体勢を崩したまま、崩壊して橋状になった建物の上へと叩きつけられる。その刹那、表面に亀裂が入り、存在した足場が脆《もろ》くも崩れた。劣化の進んでいた橋の表面に衝撃が加わったことで一気に崩壊が進んだのだ。

ウサギは慌てて何かに縋《すが》りつこうとしたが、コンクリートの塊ごと海へと呑み込まれた。「ウサギ！」と遠くから見守っていたオオサワが悲鳴を上げた。

橋の一部が崩壊したことで巻き上がった粉塵《ふんじん》が、状況を目隠しする。固唾を呑んで見守っていた観客からはどよめきが起こった。

風が吹き、粉塵が流され、世界は鮮明さを取り戻す。

崩れた橋の下部から伸びる、一本の黒いケーブル。不安定に垂れた黒い糸の先にウサギは手だけでしがみついていた。

「下は蟻地獄なのに！」

あちこちに設置されたスピーカーから、ゴール地点にいるマコトの裏返った声が聞こえてくる。動揺を隠せない彼女とは裏腹に、審判役のシンは冷静だ。

「ＢＢフォール、誰か行けるか」

インカムで指示を受けた関東マッドロブスターのリーダーが小型ボートで救出のスタンバイに入る。とはいえ蟻地獄周辺は流れが速く、近付くことも難しい。「間に合わないっすよ！」と叫ぶ一員の言葉は正しい見立てだった。

「手、キッツ」

顔をしかめ、ウサギはケーブルを掴み直す。ケーブルは細く、一人の体重を支えるにはあまりに頼りない。不安定に揺れるケーブルの真下では、蟻地獄が大きく渦を巻いている。頭上からコンクリートの破片がハラハラと散り、激しい潮の中に呑み込まれた。

「野良泡に乗るなんて、何考えてるんだよ。ウサギ！」

別ルートを進んでいたオオサワが慌ててルートを変更する。屋上タンクに取り付けられた梯子《はしご》を滑り降り、壊れかけの柵を跨ぎ跳ぶ。「何も考えてないんだろ」と横に並んでいたイソザキが額に滲む汗を拭った。

「そもそも、アウェイで野良泡を跳びこなせる奴なんて、アイツくらいだ」

「ウサギ！」

橋のアーチ部分に降り立ったカイが、崩壊の進む足場の上で右往左往している。一刻も早くウサギに近付きたいが、自分の身体の重さによって今度こそ橋が崩壊しないかと恐れているようだった。

バトルクールに危険はつきものだ。しかし、多くのプレイヤーにとって命を懸けてまで行うものではない。「クソッ」と舌打ちするカイの横顔は、焦燥を隠しきれていなかった。

鳥の群れが生み出す影が足元に斑模様《まだらもよう》を作る。ニットキャップを指で引っ張り、カイは頭上を見上げた。

【side ヒビキ】

カイの視線の先、ヒビキはビルに外付けされた看板の上に立っていた。会場の中で最も見晴らしが良い場所だ。ゲームの展開も、プレイヤーの動きも、全ての流れがよく見える。

頬に付いた土ぼこりを手で拭い、ヒビキは目を微かに細める。ここからウサギが宙吊りにされている場所まで安定した足場はほとんどない。だが、これが最短ルートだ。

息を吸い込む。肺が膨らみ、骨を上へと押し上げる。水泳選手のような、高所からの跳び込み。そのイメージのまま、ヒビキは両手を揃え、頭から空へと跳んだ。

──落ちる。

重力に従って、ヒビキの身体が落下する。

視界に入る、鉄塔の赤。目を凝らし、その鉄骨を正確に摑む。落下の勢いを殺さないまま、鉄棒の要領で身体を捻り、鉄骨から鉄骨へと跳び移る。流れが止まったらその時点でアウトだ。勢いが足りなくなって、次へと繋ぐことができなくなる。

瞼をこじ開けて、流れていく景色の一瞬一瞬を網膜に焼き付ける。住人のいなくなったマンション。鉄線が剝き出しになったコンクリートブロック。空を漂流する雲状の泡。

そして、シャボン玉のように透き通る野良泡。

どこなら通れるか、どこなら落ちないか。頭で考えて、では遅い。だから、ほぼ無意識だ。身体に染み付いた感覚が、正しい位置へとヒビキを誘《いざな》う。

側方倒立回転跳《ロンダート》びのごとく、ヒビキは宙で跳躍する。全身の体重を支える手が、浮かぶ野良泡をそっと押す。反発力を考慮に入れた、優しい動き。野良泡は手を柔らかに押し返し、その弾みのままヒビキをウサギがしがみつくケーブルへと連れて行く。

垂れたケーブルを右手で摑み、ターザンロープの要領で移動する。未《いま》だに宙ぶらりんになったままのウサギに狙いを定め、左手を伸ばして抱えるようにして身体を攫《さら》う。

「うわああっ」

泡を食ったように叫ぶウサギの悲鳴を無視し、ヒビキは空に漂う廃車へ着地した。靴底がボンネットにぶつかり、トンッと小気味のいい音を立てる。

ハラハラしながら見ていた観客たちから、一斉に歓声が上がった。その場にへたり込んだウサギは激しく肩を上下させている。ばつが悪そうに、ウサギは恐る恐る顔を上げた。

「ヒ、ヒビキ……」

何か言いたげな視線を無視し、ヒビキは近くのビルへと跳び移った。

「おい、俺を置いてくなって！」

慌てるウサギの声には耳を貸さず、ヒビキはフラッグポールまでの残りルートを目で辿《たど》った。ビルやアンテナ用の鉄塔、廃車などが連なって構成されたゴール前のルートには、既に電気ニンジャたちの姿が見える。ウサギの騒動のせいで、かなりのタイムロスになった。軽く舌打ちし、ヒビキは両耳を圧迫するヘッドフォンを首へとずらした。

その刹那、ぼんやりと隔てられていた全ての音が濁流のようにヒビキの耳に流れ込む。つんざくようなカラスの鳴き声。興奮を隠せない観客たちの声。足場の遥《はる》か下、荒れ狂う海の音。囁《ささや》き、ざわめき、鳥の羽ばたき。

それらに耐え、耳を澄ませる。すると聞こえる音は次第に絞られ、特定の声だけがヒビキの耳に残る。

柔らかで、甘く、切ない調べ——泡の歌声だ。

泡が放つ微弱な音波が重なり合い、音階となって奏でられる。その音に誘われるように、ヒビキは泡へと跳び移った。泡から泡へ、安定した足場など一つもない。それでもヒビキは迷わなかった。階段を上るような気安さで、泡伝いに上へ上へと駆け登る。

「おいおい、嘘《うそ》だろ！　あんなルートで」

「速過ぎるだろっ」

見下ろすと、こちらを見上げる電気ニンジャの間抜け面が視界に入る。地の利は向こうにある。タイム的なハンデだって十分にあった。だが、それでもヒビキの方がずっと速い。

高く、流れるように、軽やかに。ヒビキは空を駆けた。

泡を蹴る足に力を込め、勢いそのままにゴール地点であるビルの屋上へと着地する。

一挙手一投足を見守る周囲を無視し、ヒビキは立てられたフラッグポールを手に取った。

誰もが唖然《あぜん》とする中、審判役のシンだけが口角を上げていた。右腕を空へ掲げ、シンは高らかに宣言する。

「ゲーム・ウォン・バイ——ブルーブレイズ!」

【side ヒビキ】

勝敗がついた後、屋上には次々と参加選手たちが集まって来た。ヒビキは屋上の端に移動すると、両腕を組んだまま手摺《てす》りへ背を預けた。騒がしいのは嫌いだった。

ただ目を開けているだけなのに、視界に勝手に周囲の様子が飛び込んでくる。一足遅れた電気ニンジャの面々は着いて早々にその場にしゃがみ込み、悔しさを滲ませていた。

「くそっ、米を取られたな」

汗の滲む額を拭い、電気ニンジャのリーダーが小さく呻《うめ》いた。

「修行が足んねーんだよ」

ようやく合流したカイが、傍らを通り過ぎながら言い放つ。リーダーの眉間に皺が寄った。

「というか、お前んところのエース、チートじゃないか？　アイツがいなかったらうちも負けてないんだけど」

その台詞に、カイは動かしていた足を止めた。ニットキャップを軽くずり下げ、いかにも不服そうに唇を尖らせる。

「BBが勝ったのはヒビキの手柄じゃねーよ」

「でもアイツがいなかったら絶対勝ってないよな」

「はぁ？　勝ってるっての！」

「冷静さを欠く分析だな、お前らしくもない」

「なんだと？」

睨みつけるカイを、電気ニンジャのリーダーは軽く鼻で嗤《わら》った。カイの後ろにいたウサギが「お前らはおでん缶でも食ってろよ」と意味もなく他のメンバーを挑発している。

鼻にのせたリムレス眼鏡を軽く持ち上げ、リーダーは肩を竦めた。透明なレンズには、口をへの字に曲げたカイの顔が映り込んでいる。

「そんな怖い顔をするなって。それより、アンダーテイカーの噂、聞いたか？」

「アンダーテイカーって、お台場の？　急になんだよ」

「最近、いい噂を聞かない。警戒した方がいいかも」

「そんだけの情報でどう気を付けるんだよ」

「なんでも、アイツらの履いてる靴がここらじゃ手に入らない品だって――」

「おいっ、ヒビキ！」

リーダー二人の会話に耳を傾けていたヒビキの視界に、突如としてウサギの両手が映り込んだ。ぴょんぴょん、と動きに合わせて彼の手の位置が上下する。

手摺りにもたれかかっていた背を離し、ヒビキは目の前のチームメイトへ目を向ける。こちらの気を引きたかっただけなのか、視線を受けるとすぐにウサギは飛び跳ねるのを止めた。大きめの袖口から、伸縮性の高い黒のインナーがちらりと覗く。

「なんであんなとこに俺を置いてったんだよ！　ほったらかしなんてひどいだろ」

「別に、ひどくはないだろ」

淡々と言い切るヒビキに、ウサギは地団太を踏んだ。流れを見守っていたイソザキとオオサワもやって来て、「まあまあまあ」なんて毒にも薬にもならない言葉を吐いている。

目にかかる黒髪を指先で払い、ヒビキは深く溜息を吐いた。

「お前。さっきのジャンプ、向こう見ずを見せびらかしたろ」

「なっ」

図星だったのか、ウサギの頬が一瞬にして紅潮した。ヒビキは目を細める。

「できないことをやろうとするな」

「だ、だって、練習の時はあの距離だって跳べた！」

「そんなの、ただ跳べちゃっただけだろ。ちゃんと怖がれ」

その言葉に、ウサギは「むぐっ」と声を詰まらせた。ヒビキは手にしていたフラッグポールを一瞥《いちべつ》し、そのまま放り落とす。コンクリートの床にぶつかり、ポールがカランと乾いた音を立てた。

「ヒビキ」

別の場所へ移動しようとしたヒビキを呼び止めたのは、先ほどまで電気ニンジャのリーダーと喋っていたカイだった。

「俺はお前に、Bルートの陽動って言ったよな」

「勝ったからいいだろ別に」

「よくない。そんなこと言ったらお前だって、勝っちゃっただけじゃねぇか」

「本気でそう思ってるのか」

だとしたら、状況把握能力が低過ぎる。ヒビキの声のトーンが一段低くなったのを感じてか、カイは押し黙った。何か言いたげに唇が動き、しかし結局言葉は出なかった。場の空気が冷え込んだのを察し、イソザキが割って入る。

「そんなにピリつくなよ。せっかくウチが勝ったんだから」

「それに、途中でヒビキの姿が見えなくなったのは焦ったけど、ちゃんと勝利に貢献してくれたし。ウサギが助かって本当に良かった」

同調するオオサワに、カイは「ケッ」と面白くなさそうに吐き捨てた。イソザキがその肩をとんと叩く。

「ほら、いつものやつやってよ。リーダー」

そこまで言われてようやく、カイは曲げていたへそを直したようだった。

「……BB、集合」

フラッグポールをその場に立て直し、カイは周りに呼びかける。一か所に集まる四人を横目に、ヒビキはその場から距離を取った。「ヒビキも交じればいいのに」と残念がるイソザキに、「今までいたことあったかよ」とカイがうんざりしたように言った。

四人は円陣を組むと、誰からともなく右手を出した。オオサワの手の甲を一番下にし、それぞれの手を重ねていく。

「青い炎でー」とカイが口にし、

「やーきーつくす」と皆で声を合わせる。

最後に拳を突き上げ、「おう!」と叫ぶまでがワンセットだ。

このコールの評判は真っ二つに割れている。考案者であるカイはカッコいいと思っているし、ウサギはダサいと思っている。

仲間であることを殊更に強調するようなかけ声は、ヒビキはあまり好きではない。勝手にやってくれる分には構わないが、自分を巻き込むのは勘弁してほしい。そう思うのは、自分が身勝手だからだろうか。

顔を上げると、屋上の隅で電気ニンジャが反省会を行っているのが目に入った。様子を見守っていたシンが「昌平橋《しょうへいばし》のクラックを跳ばなかったのは良い判断だったぞ」とスポーツ監督のように声をかけている。「あざすっ」と応じる電気ニンジャのリーダーの声は上擦っていた。憧れの人に目をかけてもらえていたことへの喜びが滲み出ている。シンは良い指導者だ。どのチームにも分け隔てなく、自分の持っている技術を差し出す。

じゃあ、ブルーブレイズは彼にとってどういう存在なのだろうか。

ふと脳裏に浮かんだ疑問はどこか未練がましい響きをしていて、ヒビキはわざと顔をしかめた。

試合を終えた日の夜、令洋の船橋《せんきょう》には戦利品が散乱していた。船橋とは船の高い部分に設置された操船のためのエリアのことで、操舵室などが位置する。

操舵室は前方一面に窓があり、海の様子がよく見えるようになっていた。物々しい機械がずらりと並び、その一角には船長席もある。船マニアにとっては垂涎《すいぜん》ものの光景だろうが、動かない令洋には宝の持ち腐れだ。ブルーブレイズの面々はこの操舵室を物置として使っている。

天井にはケーブルが張られ、室内の中央には天井からペンダントライトが吊るされている。水の入ったポリタンクが隅に並び、その隣には戦利品の入っていたコンテナやタンクがいくつも開いた状態で置かれている。

操舵室には令洋で生活するいつもの面々がいた。すなわち、ブルーブレイズの五人にマコトを加えた六人だ。

わいわいと賑《にぎ》やかなメンバーを余所目《よそめ》に、ヒビキは壁際にある椅子へと浅く腰掛けた。窓の外に目を向けると、黒々とした海面が見えている。

東京の夜に、光はほとんどない。自家発電機がある場所でしか電気は使えず、さらに言うならネットを使う場所も限られている。通信インフラを支えていた企業が全て撤退したからだ。ただ、令洋内に限ってはスマホもパソコンも使うことができる。この船にやって来る調査員のために、ネット環境が整えられているおかげだ。

「やったー！　米一か月分ゲット」

無邪気にはしゃぎながら、ウサギがコンテナの中身を漁《あさ》っている。空きケースの上に座っていたイソザキが、眼鏡を掛けなおしながら軽く肩を竦めた。

「仕分けするのが一番面倒なんだよなぁ」

「そう？　俺はワクワクするけどな。作れる料理のレパートリーも増えるし、布があれば服だって直せるし」

笑いながら言うオオサワは、床に直接座っている。その膝には裁縫中のズボンがのっていた。針と糸を手にした彼は、今日のバトルで損傷した皆の衣服を繕ってくれているのだった。

「おお！　ビールもゲットぉ」

ごそごそとコンテナ内を探っていたウサギは、嬉々《きき》として缶ビールを頭上へ掲げる。その手からひったくるようにしてカイが缶を奪い取った。

「ばーか、ガキはジュースでも飲んでろよ」

さらにその手から、マコトが缶を取り上げる。

「アンタも未成年でしょ、没収」

保護者ぶった口調でそう言って、マコトはプルタブを引いた。プシュッ、と空気が抜ける音と共に、白い泡が勢いよく飛び散る。そのいくらかはマコトの顔にかかり、ハーフリムの眼鏡レンズを汚した。

「…………」

「…………」

「…………」

ツッコむにしても気を遣う、なんとも居たたまれない空気が流れる。マコトは指で泡を拭き取ると、「ンンッ」と大きく咳《せき》ばらいをした。失敗を誤魔化そうとしているのは明らかだった。

「じゃあ、そういうワケだから」

一体何が『そういうワケ』なのか。この場では誰も理解できなかったが、それを指摘する猛者はいなかった。

缶ビールを片手に操舵室を出ようとするマコトに、カイが飼い主を追い求める子犬のような情けない声を出す。

「ど、どこ行くんすかぁ？　このまま一緒に飲みましょうよ」

「飲まない」

すげなく断り、マコトは操舵室を後にした。がっくしと肩を落とすカイを、ウサギがニヒヒとおかしそうに笑っている。

「カイも懲りねぇよな」

「うっせぇ。はーあ、一緒に飲みたかったのに」

「やめとけ、相手にもされてないって。あの人から見たらお前はガキ過ぎる」

そう告げるイソザキはどこか面白がっている。カイは自棄《やけ》になったように、戦利品のボトルジュースを一気に呷《あお》った。

「シンさんみてぇな渋さが必要ってことかよ」

「カイはそのままでいいと思うけどな」

「そうやってオオサワはすぐ甘やかす」

イソザキが揶揄するように言う。針を動かしていた手を止め、オオサワは大柄な背を少し丸めた。

「ダメか？」

「ダメじゃないが、現実を教えるのも友情じゃないか？」

「イソザキのそういう考え方も、俺はいいと思うけど」

「いいって言ってばっかりだな」

「だって、本心だし」

その時、ガサガサッとナイロン袋が擦れる音がした。ウサギがコンテナの底から菓子の詰め合わせ袋を取り出す音だった。袋は抱き枕ほどのサイズがあり、中には個包装された棒状のスナック菓子がぎゅうぎゅうに詰められている。

「こんなもんも入ってる。俺、これ予約ぅ」

鼻歌交じりのウサギに、カイが後ろからヘッドロックをかけた。

「お前なぁ、勝手に取るなっての」

「いてて、ギブギブ！」

ウサギは慌てて首に回された腕をタップするが、カイが緩める気配はない。少しばかり過激なスキンシップだが、これが二人の通常営業だ。

「お前はホンット手癖がわりぃな。親の顔が見たいわ」

軽い調子で毒づくカイに、ウサギが唇を尖らせる。

「親とかいねーし！　ってか、ここにいるみんなそうじゃん」

しん、と場が静まり返る。窓越しに、波の音がよく聞こえた。知らず知らずのうちに、ヒビキはヘッドフォンの表面を指で撫《な》でる。中指の腹がつるりとした表面に押し付けられた。

カイが息を吸う。その唇が、もごもごとぎこちなく動いた。

「親はいなくても仲間がいるだろ」

「カイ……」

ウサギのまん丸な両目が力いっぱい見開かれる。あっけらかんと、ウサギは無邪気に言葉を続けた。

「お前、よくそんなクサイ台詞言えるよな！」

「はぁっ？」

ウサギをヘッドロックするカイの腕に、さらに力が込められる。湿っぽい空気は霧散し、場は一気に賑やかさを取り戻した。

「痛い痛い！　ギブだって言ってんじゃん」

「今のはウサギが悪い」

「だな」とイソザキとオオサワが顔を見合わせて笑った。

和やかな空気が満ちていくのを肌で感じ、ヒビキはそっと席を立った。パーカーのポケットの中には、先ほどコンテナから拝借した戦利品が眠っている。

「あれ、ヒビキ。どこ行くの」

目敏く気付いたオオサワがこちらに声をかけてくる。それに「外」とだけ返事し、ヒビキは操舵室を抜け出した。

ブルーブレイズの四人は仲が良い。だからこそ、居心地の悪さを感じる。柔らかな空気の中には、ヒビキの身の置き所がない。


操舵室の入り口横にある階段を上り、ヒビキは船橋甲板に足を運んだ。操舵室のちょうど真上に当たる狭いデッキは、四方を手摺りで囲まれている。測量船らしく、色々とややこしそうな機械が設置されているが、知識のないヒビキには何に使うものかさっぱり見当がつかない。

手摺りに巻きついた蔦を手でどかし、ヒビキはその上に腕を置いた。ポケットに右手を突っ込み、そのまま先ほど手に入れた小袋を取り出す。小袋には画像の粗い写真が印刷されており、その上にセンスのないフォントで『コスモス』と書かれていた。開けると、中にはカラスの羽根を思わせる小さな種が入っている。黒く、細長い種だ。

ヒビキはそれをまたポケットにしまうと、真っ暗な海と向き合った。吹き抜ける夜風が、ヒビキの髪をそっと揺らした。

真下で繰り広げられている喧騒《けんそう》も、今のヒビキにとっては遠く感じる。夜の海は好きだ。静かで、どこか寂しいから。

ひたり、ひたり。

敏感な耳が、不意に人の気配を感じ取った。極力音を出さないように意識された足音が、すぐ間近に迫っている。伸びてくる手。それが視界に入った瞬間、ヒビキは音の主へと顔を向けた。

「そういうのやめて」

「うわぁっ、ビックリした」

睨みつけると、マコトは慌てたように姿勢を正した。赤ら顔のまま、悪戯《いたずら》がバレた子供のようにへらりと笑う。

「やっぱり気付かれてたか」

その足は裸足《はだし》だし、左手には先ほどの缶ビールを持ったままだ。いや、吐き出す息が酒臭いから、もしかすると既に何本か飲んだ後なのかもしれない。

「何やってるんですか」

いい大人が、という続きの言葉は出ずに終わった。マコトがヒビキのヘッドフォンを抜き取ったからだ。

「返してください」

「だーめ！」

咄嗟に腕を伸ばすが、マコトは腕を後ろに伸ばしてヒビキからヘッドフォンを遠ざけた。体格差から考えれば、無理やり奪い返すことだってできた。だが、ムキになるのもガキっぽく思え、ヒビキは諦めて腕を下ろした。マコトがフンと鼻を鳴らす。

「一人でうらぶれて、かっこつけちゃってさ」

ヘッドフォンのない状態では、マコトの声がいつもよりうるさく響く。ヒビキは思わず顔をしかめた。

「……返してください」

真面目な口調で言うと、マコトは渋々といった態度でヘッドフォンを返してきた。ヘッドフォンを耳につけると、それだけで気分がかなり落ち着く。

マコトはヒビキの隣に並ぶと、ごくっと音を立ててビールを飲んだ。彼女が纏う白衣に、缶から落ちる水滴が染みを作る。

「今日のアレ、何」

低い声だった。

「何って」

「ウサギを助けたプレイよ。蟻地獄に落ちたら――」

「落ちませんよ」

マコトの言葉を遮り、ヒビキはハッキリと言い切った。絶対に落ちないという確信があった。

サイドテールにした茶色い髪の毛先を指で梳《す》きながら、マコトは眦《まなじり》をつり上げた。

はぁ、と苛立ちが混じった吐息がその口から漏れる。

「あんまり危険なことしてると本部に報告するからね。そしたらアンタたちなんて即退去よ。それでもいいの？」

「………」

調査対象。普段からマコトが口にしている言葉が、ヒビキの胸にのしかかる。そうだ。マコトにとって、自分たちは単なる調査対象。未成年が生活するには危険だと判断されれば、都外からの援助は打ち切られ、ヒビキたちは保護という名目で令洋から追い出されてしまう。

もしも自分が大人だったら。そうすれば、自分のいる場所を自分で決めることもできただろうに。パーカーの袖口から伸びる腕を擦り、ヒビキはマコトから顔を背けた。

「いずれここは出て行く。でも、今すぐは困る」

「どうして？」

「行く当てがない、ですから」

ちゃぷん、とビール缶の中身が揺れた音がした。マコトが静かに問いかける。

「アンタさぁ、なんで一人になろうとするの」

茶化すでもなく、ふざけるでもない、真摯な声だった。ヒビキはマコトの方を振り返る。吊るされた灯りに照らされ、彼女の顔の半分だけが明るく光って見えた。

「その方が上手《うま》くいくから……です」

本心だった。その答えに納得がいかなかったのか、マコトは半目でじっとりとこちらを凝視している。彼女は缶ビールを一気に飲み干すと、空になった缶を顔の横でプラプラと揺らした。

「前から思ってたんだけどさ、そのついでみたいな敬語、いらない。さん付けもやめて、敬ってないのはヒシヒシと伝わってるから」

「いらないとかそういう問題じゃ、」

「こっちがそう言ってるんだから、年上の言うことは聞きなさいよ」

ぴしゃりと言い返され、ヒビキは口を噤んだ。こんな風にマコトが強引に距離を詰めてくるのは初めてだった。調査員と調査対象、その間に引かれた線を彼女は決して越えようとはしなかったから。

酒に酔っているせいだろうか、とヒビキは自身の手の平を意味もなく開いたり閉じたりした。こういう時、大人はズルいと思う。酒のせいだ、なんて言い訳を簡単に用意できる。

「逆に聞くけど、なんでマコトは俺に構うんだよ」

尋ねると、マコトは静かに目を伏せた。透明な眼鏡のレンズ越しに、弧を描く長い睫《まつ》毛《げ》が震えたのが見えた。

「それは……アンタが弟に似てるから」

「弟？」

「って言っても、死んでるんだけどね」

初めて聞くことだった。どう反応していいか分からず逡《しゅん》巡《じゅん》するヒビキに、マコトは白い歯を見せてわざとらしく笑ってみせた。

「父親も母親も弟も、あの五年前の爆発で死んじゃったの。別に、ここじゃ珍しい話じゃないし、わざわざ言う必要もないんだけどさ」

身内や親しい人を失った人間なんて、都内にはいくらでも溢れている。ブルーブレイズの奴らだってそうだ。皆、誰かを失って、傷付いた過去を抱えている。だけどそれをわざわざ口にする奴はいなかった。

ヒビキは、カイの過去を知らない。イソザキも、オオサワも、ウサギの過去すら、何も知らない。それが良いことか悪いことか、ヒビキには分からない。ただ一つ間違いないのは、ヒビキだって彼らに自分の過去を話したことがないということだった。

珍しく真剣な面持ちで、マコトはヒビキと真っ直《ま》ぐ《す》に向き合った。

「大人はね、子供が傷付くのを見るのが嫌なのよ」

「別に、俺は傷付いてない」

「でも、次の試合では傷付くかもしれない。これは私の我《わ》が儘《まま》だけど、アンタが怪我《けが》するところを見たくないの。本当はアンタだけじゃなく、誰にも怪我なんてしてほしくない。バトルクールなんて馬鹿げた遊び、やめてほしいくらいよ」

「それは無理だ」

「分かってる。だから、せめて無茶だけはやめてって言ってるの」

はい、と答えることができたらどれだけいいだろう。だが、ヒビキは何も言わなかった。無茶しない、なんて約束するのは無理だ。今日の試合と同じようなことが起これば、自分は何度だって同じように動くだろう。

沈黙が流れる。

その時、それを打ち破るように『タワー』の方角から音が聞こえた。ヒビキはハッとして顔を上げる。宇宙の歌声のような、イルカのハミングのような、繊細なバランスで美しさを保つ音の粒。

「また聴こえた」

「何が？」

マコトの問いには答えず、ヒビキは船の壁伝いに下へと降りた。呼ばれている、そう強く感じた。これまでも何度も聞こえた音だ。そしてその度に、ヒビキは『タワー』に惹《ひ》きつけられる。行かなければ。理屈ではなく、本能がそう叫んでいる。

近くの桟橋に横付けされた小型モーターボートへとヒビキは跳び乗った。エンジンをかけると、小さな船体に振動が走る。

「嘘でしょ！　まーたシンさんに心配かける気？」

手摺りから身を乗り出したマコトが、素っ頓狂な声を上げている。それを無視し、ヒビキは船を出発させた。

「アンタね、さっきの私の話ちゃんと聞いてた？　ちょっと！」

船を走らせていくうちに、マコトの声がどんどんと遠ざかっていく。心配をかけている自覚はあった。だが、焦がれる感情をどうしても抑えることができなかった。

現在、爆心地である『タワー』上部は、大小の泡が高密度に集合した奇妙な積雲に包まれている。雲の内側には複雑な重力場が発生しており、磁場の異常もあるのかその内部はどんな機器でも観測できない。その未知っぷりは人々の恐れを掻き立て、幽霊が見えるなどという非科学的な噂が絶えない。

ヒビキはモーターボートを『タワー』のふもとに止めると、鉄骨へと跳び移った。『タワー』の赤い骨組には、いくつものバツ印が刻まれている。ここまで来た、という目印のサイン。ヒビキがこれまでに何度も登頂を試みた跡だった。

五年前、爆発が起こる前に『タワー』にやって来た時は、エレベーターを使って展望台へ行った。だが、今ではそんなものは使えない。頂を目指すならば、骨組を足場にして登っていく以外に道はない。

ヘッドフォンを外すと、聞こえていた音がより一層強くなる。鉄骨が破損して途切れた箇所に、ヒビキは意を決してジャンプした。しがみつくように鉄骨を掴み、上の足場にヒビキはなんとか辿り着いた。

「ピッチ16……クリア」

懐からナイフを取り出し、鉄骨の表面にヒビキは新たな印を刻む。先はまだ長い。それでも、少しでもいいからあの声に近付きたい。理由はわからない。ただ、本能がそう叫ぶから。

鉄骨の一部が崩れて出来た不安定な足場の上に立ち、ヒビキは『タワー』を見上げた。展望台を取り囲む、ピンク色の分厚い積雲。その奥から、確かに声が聞こえる。人の歌声のような、金属音のような、奇妙な音色。

ヒビキは唇を手の甲で拭うと、聴覚に意識を集中させた。ここからは、未知の領域だ。積雲の中から突き出た鉄骨に狙いを定め、思い切り跳躍する。それを足が捉えた瞬間に蹴りつけ、その勢いのままに泡へと跳ぶ。安定した道筋なんてない。瞬時の判断ミスが命取りだ。

これまで到達したことのない、積雲の先。そこに、不思議なこの音の発生源があるはずだ。異常な重力場によって漂う瓦礫を足場にしながら、ヒビキは『タワー』のガラス壁へと跳び移った。その勢いのまま、壁面を一気に駆け上がる。剝き出しになった鉄骨。それ目がけて、ヒビキは跳んだ。

積雲を突き抜け、初めて展望台をこの目に捉える。

「やった」

思わず声が漏れた。これまでの最高記録だ。雲のせいで霞《かすみ》がかかった視界の中、ヒビキは必死に腕を伸ばす。その刹那、

「……人？」

展望台に、人影があった。ありえない。そう、咄嗟に脳が現実を否定する。五年前か

らあの場所には誰も近付けないはずだ。絶対におかしい。しかし、じゃあ……この光景はなんだというんだ？

動揺が、そのまま身体に出た。研ぎ澄まされていた集中が途切れ、バランスが崩れる。落ちる。身体が落下し、胃の中身が逆流する感覚をヒビキは確かに感じた。

ここは積雲、異常な重力場の中。上から下へと落ちていた身体が、今度は横方向へ思い切り引っ張られる。背中に衝撃が走り、息が詰まる。鉄骨に身体が叩きつけられたのだ。鈍い痛みが背中を襲う。だが、痛みに気を取られている余裕はない。まるで猫が無邪気に毬《まり》を転がすように、ヒビキの身体は本人の意思を無視して四方八方へと投げ飛ばされる。上から下へ。左から右へ。かと思ったら、下から右へ。ヒビキの身体の位置が変化する度に、気紛れに重力の方向が変化する。次はまた上から下だ。

「――まずい！」

真下に見えたそれに血の気が引いた。重力異常による空間の歪《ゆが》み。小さなブラックホールを、皆は蜘蛛《くも》の巣と呼んでいた。

それが今、ヒビキの身体が落下する先でぽっかりと闇色の口を開けている。

歯を食いしばって痛みに耐え、ヒビキは落下しながら浮かぶ瓦礫を蹴りつけた。無理やりに身体を捻り、なんとか蜘蛛の巣を回避する。その拍子にポケットから転がり落ちたナイフが蜘蛛の巣の中へと吸い込まれる。使い込んだそれは呆気《あっけ》なく、闇の中に沈んで消えた。

蜘蛛の巣に取り込まれるという最悪の状況は免れた。だがしかし、落下を止める手立てはない。積雲を抜け、ヒビキの身体は真っ逆さまに落ちていく。どぷん、と真っ暗な水面《みなも》に一人分の飛沫が上がった。


海は危険だ、近付くな。そう周囲の人間が口を酸っぱくして言うのには理由がある。異常な重力場の影響は、何も地上だけではない。普段見ることのない海の下の様子は、端的に言えば、地獄だ。

激しい水流が、ヒビキの身体を一気に海底へと引きずり込む。流れに翻弄されるがまま、ヒビキはあちこちにぶつかった。無理に瞼をこじ開けると、この世のものとは思えない光景が薄暗い海中に広がっている。

沈んでしまった建物の下部は、まるで海中都市を思わせる。朽ちゆく電車、破損した車、変色した看板、大小の瓦礫……。あちこちに存在する過去の遺物たちが、魚の群れのように水中を行き交っている。それらは変則的に進行方向を変え、スピードを保ったままぶつかり合う。車と衝突した電車は表面をくしゃりと簡単に凹《へこ》ませ、ぶつかり合った瓦礫同士は粉砕して砂となる。川の上流にあった石が下流に行くにつれて丸みを帯びていくのと同じように、この海中では多くの物体が互いにぶつかり合って形を変える。

それは間違いなく、人間だって例外ではない。

このままでは死ぬ。そう頭では分かっていた。だが、どれだけ足掻いても思うように浮上できない。流れに呑み込まれ、ヒビキの身体は沈む電車へと吸い込まれるようにして押し込まれた。電車の屋根は既に半分ほど破損し、ガラスは全て割れていた。ドアはひしゃげており、もはや電車の体をなしていない。

最悪だ、とすぐさま状況を把握する。脱出するには海流に逆らって泳ぐしかないが、流れが激し過ぎてどうにもできない。息苦しさと痛みに耐えきれず、ヒビキはついに咳《せ》き込んだ。酸素を含んだ気泡が口から大量に溢れ出る。

もう、息が続かない。

錆《さ》びついた窓枠から、色褪《いろあ》せた看板がいくつも見える。アニメタッチで少女が描かれたメイドカフェのもの、制服姿の女子高生が祖母とはにかむ写真館のもの、スタイリッシュな出《い》で立《た》ちの女性が映るファッションブランドのもの……。それらは全て、五年前までは東京の人間にとっても、ごくありふれた日常の光景だった。それが、今となっては随分と得難いものになってしまった。

意識が遠のく。空気を留める力を失い、ヒビキの口端からは次々と泡が零れていく。

ダメかもしれない。そう思った瞬間、身体がどっと重くなった。腕も足も思うように動かない。手足が痺《しび》れ、視界が朦朧《もうろう》とし始める。それでも最後の力を振り絞り、ヒビキはなんとかして重い瞼を持ち上げた。

海流渦巻く、薄暗い海の底。そこで、ヒビキはぼんやりと光る希望を見た。その希望は、少女の形をしていた。

荒れ狂う流れを意に介さず、少女はこちらへと近付いて来た。その身体には、無数の泡が纏わりついていた。下半身を覆う煌めく泡は、魚のヒレを連想させた。

「……人魚?」

無意識に漏れた言葉は声にならず、口端からは泡が零れる。これが走馬灯ってやつなのかもしれない、と馬鹿げたことを考えた。死を受け入れた脳味噌が最期に荒唐無稽な夢を見せてくれているのだろうか。

少女の手が、そっとヒビキの頬に添えられる。薄れる意識の中でヒビキが感じ取れたのは、唇に押し付けられた柔らかな感触だけだった。

まず耳に入ったのは、潮騒《しおさい》だった。打ち寄せる波の飛沫、細やかな水滴。頬の産毛をくすぐる風と、瞼越しにも分かる柔らかな日差し。

「……んんっ」

ぎこちなく震える唇から、ぐずるような音が漏れた。億劫な気分を我慢して瞼を開く。

最初はうまく焦点が結べず、ヒビキは何度も瞬《まばた》きを繰り返した。澄み渡る青空が眼前に広がっていた。どうやら夜が明けたらしい。

鼻腔《びこう》を膨らませると、潮の匂いの混じった空気が肺を静かに満たしていく。酸素だ。そう、ぼんやりと思考し、そこでヒビキは自分の身体が水中にないことに気付いた。何が起こったかは分からないが、奇跡的に助かったようだ。

「ここは、」

咄嗟に身を起こそうとした途端、ツキンと節々に痛みが走った。思わず咳き込むと、骨が軋むような感覚がする。その時、ヒビキの身体を影が覆った。肌に何かが触れたような気がして、ヒビキはハッと顔を上げた。

見知らぬ少女が自身の右手を左手で握り締めたまま、じっとこちらを見つめていた。なんだかちぐはぐだ。それが、ヒビキの彼女に対する第一印象だった。

髪色もそうだが、特に気になるのはその格好だ。様々な要素が合わさって、出来の悪いコラージュみたいになっている。

丈の短いセーラー服のシャツからはボーダーのTシャツがはみ出ているし、膝上丈のスカートは穴が空いているものやチェック柄のものといったバラバラな生地を重ねて出来ている。右足は黄色のニーハイソックスで、左足は赤と紺色のボーダーソックス。スニーカーも片足はオレンジ色なのに、もう片方は水色だ。

彼女の短めの髪は、明るい青色をしていた。切り揃えられた重めの前髪は眉を隠すほどの長さで、サイドの毛は頬に沿って真っ直ぐに伸びている。その割に上部分は軽やかに跳ねていて、わんぱくそうにも大人しそうにも見える。

海の下で見かけた看板にあった人間の写真やイラストを全てごちゃまぜにしたらこんな感じになるかもな、とヒビキは思った。

「誰だ？」

問いかけるが、少女は何も言わない。警戒されているのかとも考えたが、見開かれた両目からは好奇心しか感じられない。

痛みの残る身体を動かし、ヒビキはゆっくりと上半身を起こす。周囲を見回すと、すっかり錆びついた観覧車が目に入った。ゴンドラの窓ガラスの多くは割れ、ホイールは微動だにしない。脳内で地形を描き、ヒビキは一人納得した。

「ここ、タワーから少し離れた辺りか。……お前が助けてくれたのか？」

ヒビキの問いに、少女は肯定も否定もしなかった。ただ黙って、じっとこちらの顔を見つめている。

明確な返事はなかったが、どうやら海へ落下した後、この少女に助けられたらしい。

「お前、どこの奴だ？　この辺りじゃ見たことない顔だけど」

尋ねると、少女はキョトンとした顔で小首を傾《かし》げた。

「もしかして、言葉が分からない？」

少女は首を縦にも横にも振らない。意思疎通はできているようにも思えるが、ヒビキの一方的な勘違いということもありえそうだ。

「あー……どうするか」

情報が何も集まらず、ヒビキは途方に暮れた。内地に不法滞在している人間の多くはそれぞれのバトルクールチームの縄張りで暮らしており、『タワー』には基本的に近付かない。こう言ってはなんだが、わざわざ登ろうとする物好きなんてヒビキくらいだ。彼女がどこからやって来たかは謎だが、まさかヒビキと同じように『タワー』に登ろうとしていたわけではあるまい。

「とりあえず、帰る方法を探さないと」

ヒビキが来る時に使ったモーターボートはこの場にない。だが、満身創痍《まんしんそうい》の身体では泡を跳び移って令洋まで帰るのも難しい。ネットがないためスマホも使えず、さらに目の前の少女がなんとかしてくれる気配もない。

どうするか、とヒビキが頭を悩ませていたその時、少女がパッと海の方へ顔を向けた。そこでようやく、ヒビキはモーターボートのエンジン音がこちらへ近付いていることに気が付いた。波を掻き分ける音が次第に大きくなる。

「ヒビキ！」

そう言って運転席から大きく手を振っているのはシンだった。ヘアバンドによって前髪が押し上げられ、その額を露《あら》わにしている。孤島のような形をした足場の端にモーターボートを停《と》めたまま、シンは声を張り上げてヒビキへと話しかける。

「やーっと見つけた。夜中、捜し回ってたんだよ」

口調は軽いが、その眼差しからは安堵《あんど》の色が見て取れた。どうやら心配をかけてしまったようだ。ヒビキはシンの元へと歩み寄った。

「すみません。シンさん、忙しいのに」

「んー？　まぁ、俺は暇だからいいけど、マコトが死ぬほど心配してたぞ。止められたのを振り切って出たんだって？」

「心配をかけたつもりはないですけど」

「おいおい、今の今まで音信不通だった奴が言う台詞か？　大体、タワーには近付くなって前にも言ったろ？　あそこには気安く踏み入るもんじゃない、危険過ぎる。マコトはそれを分かってるから、毎回お前を止めようとしてるんだよ」

令洋を出る前の自分の行動を振り返り、ヒビキはばつが悪くなって顔を背けた。

先ほどシンは暇だと言ったが、実際は多忙なことをヒビキは知っている。壁泡内のガイドを務める彼は、外ではそれ相応の地位にあるらしい。彼がある程度裕福な人間であることは、その身なりからも窺《うかが》える。

和柄の半袖シャツに、黒のインナー。ゆるっとしたシルエットのハーフパンツ、そこから伸びる足は黒のスポーツタイツによって覆われている。一見するとラフな印象を受けるが、左手首に巻かれた腕時計はいかにも値打ちがありそうだった。

実はブルーブレイズの本拠地である令洋の使用権は、元々シンのものだった。それを渋谷区に残った若者が使えるようにしてくれたのだ。その代わり、マコトのように壁泡の外から調査員や研究者が派遣される際には、シンが手配して令洋の一室に滞在させることになっている。

社会的地位のあるシンがなぜわざわざ内地の若者たち――そして、自分に心を砕くのか、ヒビキには理解できない。

「あれ。ヒビキ、もしかして怪我してる？」

怪我を隠して歩いていたつもりだったのに、あっさりと見抜かれた。頭のてっぺんから足の爪先までざっと見下ろし、シンは一瞬だけ真顔になる。

「落ちたのか」

その声のトーンが暗くなったことに気付き、ヒビキは身体を強張《こわば》らせた。誰に何を言われようとヒビキはほとんど気にしないが、シンだけは別だ。病院で引き取られたあの日から、ヒビキはシンにどこか負い目を感じている。

黙り込んだヒビキに、シンは困ったように後頭部を掻いた。話題を切り替えるように、彼はヒビキの真後ろを指さすと明るい声音で言った。

「それで、そこにいるのがヒビキの駆け落ち相手ってワケ？」

「は？」

咄嗟に振り返ると、少女はヒビキの真後ろにいた。ヒビキの二の腕の辺りからひょっこりと顔を出し、興味津々といった様子でシンを観察している。いや、厳密に言うと、シンの乗っているモーターボートを。

「そんなんじゃないです」

即座に否定したヒビキに、シンはカラカラと面白がるように笑った。

「冗談だよ、そんなに怒るなって」

「別に怒ってないですけど。海に落ちたところをコイツに助けられたんです」

「助けられた？　……ふうん」

うっすらと髭《ひげ》の生えた顎を手で擦り、シンは思案するように目を細めた。

「お前が落ちるなんてよっぽどだな。普段ならそんなミスしないでしょ。引き際をちゃんと見極められると思ってたけど？」

「それはその、色々あって」

「色々ねぇ。ま、生きてるならそれでいいけど。……で、そこにいる命の恩人さんはどこの子なんだ？　見ない顔だけど」

後半の問いかけはヒビキではなく、少女に向けられた言葉だった。自分が見られていることに気が付いた彼女は、キョトンと目を丸くし、それから不思議そうに首を傾げた。

「それが、聞いても何も分からなくて」

「もしかして、行く当てがないとか？」

言葉を発しない少女の代わりに、「多分」とヒビキは曖昧に答える。

「じゃ、令洋に連れて行った方がいいかもな。少なくとも年頃の娘がここに一人でいるよりは安全だ」

ヒビキは少女を見た。少女もヒビキを見る。長い睫毛に縁取られた瞳に、ヒビキの輪郭が映り込んでいる。

「……一緒に来るか？」

尋ねても、少女はじっとヒビキを見つめたままだ。伝わらなかったのだろうか。ヒビキはたどたどしく少女の顔を指さした。

「あー……えっと、お前、」

次に、自分の胸を指し、そのままシンが乗るモーターボートへ指先を向ける。

「俺たちのところ、」

不慣れなジェスチャーがどこまで伝わっているかは分からないが、少女はふんふんと真面目な顔で頷いた。

「一緒に、来るか？」

そう告げると、少女は破顔した。コクリと大きく首を縦に振り、はしゃぐようにその場で一回転してみせる。無邪気に喜ぶ様を見て、ヒビキは頬を掻いた。どうしていいか分からなかった。

一連の流れを見守っていたシンが「若いっていいねぇ」と茶化すように笑った。

「だから言ったでしょうが！」

「いって」

ばちーん、とマコトに思い切り背を叩かれ、ヒビキは噎《む》せた。

令洋、前甲板。

シンと共に帰還したヒビキを出迎えたのは、心配を通り越して怒りを覚えていたマコトの右手だった。パーカー越しに、背中に一発。本気で叩いたわけではないことは明らかだったが、『タワー』で打ち付けた際の怪我もあり、身体に響くような痛みが走った。

「なんでアンタはそう向こう見ずなの。みんなに心配かけて！　怪我は？」

「今ので悪化した気がする」

「そんなわけないでしょ。ほら、さっさと背中見せて」

「そこまでする必要ない」

「いいから！　あーあ、痣《あざ》になってる」

無理やりパーカーを捲《めく》られ、冷えたタオルを押し付けられる。抵抗することもできず、ヒビキは黙って受け入れるしかなかった。

「ヒビキが怪我するなんて珍しいよな、野良泡チャレンジしたんじゃねえの」とウサギが頭の後ろで手を組みながらのほほんと言い、「お前じゃあるまいし」とイソザキは肩を竦めた。「なんかあの二人、距離が近くなってね？」とカイはぶつぶつと文句をつけている。

朝まで帰って来なかったヒビキを、ブルーブレイズのメンバーたちは待っていたらしい。朝ごはんの支度をしている最中だったのか、マコトとウサギは普段着の上に割烹着《かっぽうぎ》を着用していた。

「それで、何があったのよ」

強い口調で問われ、ヒビキはもごもごと口を動かす。

「だから、海に落ちたんだよ。そしたらコイツが……」

「助けてくれたらしい。まぁ、状況から推察して、なんだが」

濁した語尾の続きを、シンが引き取る。そこでようやく皆の視線がシンの隣にいる見知らぬ少女へと向けられた。興奮しているのか、少女は身体を動かしながらキョロキョロと落ち着きなく周囲を見回している。令洋に住み着いている野良猫の挙動が気になるのか、その両目が忙《せわ》しなく猫の動きを追う。

「つまり、ヒビキの命の恩人だ」

「ったく、独断で動いて迷惑かけてんじゃねーよ」とカイが舌打ちした。「試合の時だって好き勝手してるくせによ」

「とはいえ、『東京バトルクールは自主性重視』だからな」

「シンはいっつもそれ言ってるよな！」

屈託なく告げるウサギに、シンは片側の口端を上げてみせた。肝心の少女はというと明らかに注意散漫といった様子で、今度はコンテナに止まる海鳥に目を釘付《くぎづ》けにしていた。軽く腰を落として両腕を地面につける体勢は、獲物を狙う猫のようだ。

海に視線を遣り、マコトが首を傾げる。

「それにしても、タワーらへんの海って重力場のせいで流れがめちゃくちゃでしょ？あんな所に落ちた人間を助けることなんて可能なのかしら」

「そもそもこの子、どこから来たんだ？」とイソザキは眉をひそめ、

「見たことないなぁ」とオオサワは考え込み、

「変な格好してるし」とウサギがぼやく。

その時、少女が動いた。四つん這いのまま、彼女はデッキを一気に駆ける。動きは軽やかで、とてもじゃないが人間とは思えない。

「なになに！」

　突然の行動に、マコトが大声を上げる。少女は甲板の一角に置かれていたコンテナの上に跳び乗ると、乱暴な動きで蓋を開けた。ぐしゃぐしゃと中を漁り、興味がないものは平然と周囲に投げ捨てる。みるみるうちに、床には食料品が散らばった。

　お目当てのものはシリアルだったのか、あるいは単にデザインが気に入ったのか。少女は袋を手に取ると、思い切り齧《かじ》りついた。手で破って開けるという発想はないらしく、ナイロン製の袋が無残に伸びている。「わいるどぉ……」とウサギが引き攣《つ》った声を漏らした。

「おい、勝手に開けんなよ」

　止めようとして摑みかかったカイの腕を少女はバク転の要領で後ろに避け、さらに柱をキックして船の中へと跳び移った。

「待てって！」

　カイが腕を伸ばすが、少女が止まる気配はない。甲板にいた面々は慌ててその後を追いかける。

　少女が通った場所の被害は散々だった。保管していたパンが一口だけ齧られていたり、積まれていたタオルが崩されていたり。人間の暴走というより、猫が暴れた後のような光景だ。

「ちょっとあの子、どうなってんの」

「なんなんだよ、もう」

口々に愚痴を漏らしながら、マコトとカイを先頭に船内を追いかける。気ままに走り回る少女が入り込んだのは、皆が食堂代わりに使用している公室だった。さらにその先の調理室へと続く扉の向こうに、四足歩行の後ろ姿が消える。

ドタドタと足音を立てながら調理室へ雪崩《なだ》れ込んだヒビキたちが目にした光景は、異様なものだった。

朝食の支度中だったため、ガスコンロの火が点《つ》けっぱなしになっている。その上に置かれた鍋はぐつぐつと煮えたぎり、透明な湯の表面にいくつもの気泡が浮き上がっていた。そしてその中に、少女の右手がしっかりと浸かっている。風呂の温度を確認するかのような気安さで、少女は煮えたぎる熱湯の中で手を泳がせていた。

「何してんだ！」

咄嗟にカイが少女の右手を掴み上げる。必死な形相のカイを、少女は不思議そうに見つめていた。熱湯に手を入れたというのに、その表情に大きな変化はない。

「誰か冷やすもの持って来い」

「水でいいよね」

オオサワが慌ててバケツに水を張る。バトンタッチするようにマコトが少女の手首を摑み、自分の手ごとバケツに突っ込んだ。

痛みを感じているのか、いないのか。少女は水に浸していた右手を持ち上げると、戯れるようにマコトの頰をペタペタと触っている。自身の指先を見つめ、少女はなぜか不思議そうに小首を傾げた。

右手が問題なく動いていることを確認し、マコトは「はぁー」と大きく安堵の息を吐いた。

「もー、心臓が止まるかと思ったわよ」

「大丈夫みたいだな、良かった」

オオサワが手を覗き込む。退屈そうに、少女は唇を僅かにすぼめた。

見た目はヒビキと大して変わらないぐらいの年頃なのに、その振る舞いは幼い子供と変わらない。善悪の区別も、生きる上で必要な知識も、何も身についていないように思える。

「大騒ぎだったなぁ」

少し遅れて、朗らかに笑いながらシンが調理室へと入って来る。野良猫が家に入り込んだぐらいのニュアンスだ。

「ちょっとばかり変わってるみたいだが、この令洋に置いてくれると俺としても安心だ。さすがにこんな状態で子供をほっぽりだすわけにはいかないしな」

「マジかよー」と半目になるウサギの肩に肘を置き、カイが渋々頷く。

「シンさんがそう言うなら……まぁ、住まわせますけど」

「不安なのは分かるが、案外バトルクールの戦力になるかもしれないぞ？　さっきの身のこなし、凄《すご》かったし」

「そうなってくれるといいっすけどね」

右耳に手を押し当て、カイは軽く少女を睨みつけた。当の本人は隣にいるマコトに冷えた手の平をかざしている。

「ヒビキ」

突然名を呼ばれ、ヒビキはシンの方へと意識を向ける。ニッと口角を上げ、彼は言った。

「この子の世話は頼んだ」

「お、俺がですか？」

「命の恩人でしょ。恩返ししろよ」

「嘘だろ……」

「よろしく、な」

念押しするようにそう言って、シンは左目でウインクした。絶句するヒビキの様子を見て溜飲《りゅういん》が下がったのか、ウサギが「シシッ」と楽しげに笑った。

【side ？】

令洋内にある談話室は、マコトのための居住スペースだ。二つある扉の前には仕切りとなるカーテンが吊るされ、部屋の中央にはソファーベッドと小さなローテーブルが置かれている。部屋の一角には巨大な本棚があるにもかかわらず、そこに収まらなかった本たちが床に直接積まれていた。天体観測に使える望遠鏡。惑星をかたどったモビール。机の上に置かれた地球儀。宇宙をモチーフとしたアイテムがそこかしこに見受けられるが、だらしなく吊るされた洗濯物のせいで生活感に溢れたインテリアとなっている。

少女にとって、ここは未知の場所だった。

真夜中、皆が眠りについた令洋はしんと静まり返っている。談話室に窓はなく、辺りは闇に包まれている。横で眠るマコトは、すうすうと寝息を立てていた。部屋の主である彼女はソファーベッドではなく、床に直接布団を敷いて眠っていた。寝心地のいい方を少女に譲ってくれたのだった。

衣擦《きぬず》れを立てないように、そうっと、そうっと。身を起こし、少女は静かにソファーベッドから這い出る。素足をぺたりと床につけ、極力音を殺して歩く。部屋の扉を開けても、マコトは目を覚まさなかった。

通路の窓からは、うっすらと月光が差し込んでいた。僅かな光に目が順応し、やがて世界の輪郭が冷ややかに立ち上がってくる。船内は青色の空気で満ちていた。夜の色だった。

この時、少女の機嫌はすこぶる良かった。

窓の外を覗き込むと、宙を漂う泡たちが月光を浴びて光っている。ピカピカ。キラキラ。それが妙に面白くて、少女はその場で踊るようにくるりと回ってみせた。動かすとそこに確かにあるのが分かる、自分の足。自分の手。目に見えない小さな細胞が、少女の身体を構成している。

掲げた右手は、白いレースの手袋で覆われている。左手にはつけていないから、片手だけ。

手袋に包まれた指を開いたり閉じたりしながら、少女はこれまでに起こった出来事を思い出す。

海中に沈んでいたヒビキを助けた後。彼の身体に右手で触れた途端、指先がビリビリと熱を帯びるような感覚がした。皮膚を構成する何かが弾けたみたいに、右手からは泡が溢れた。一体あれは何だったのだろう。

『やっぱり火傷《やけど》の水ぶくれが出来ちゃったの？』

自分の右手をしげしげと見つめていた少女に、風呂上がりのマコトはそうやって声をかけてくれた。右手の中指から甲にかけて、小さな泡の粒たちが肌を埋めていたからだった。

『これ、使いなよ。片方どっかいっちゃって、右手だけ余ってるから』

そう言って、マコトは棚の中から薄いレースの手袋を出してくれた。まるで最初から少女のために用意されていたかのように、そのサイズはぴったりだった。

通路を抜け、階段を降り、少女はお目当ての部屋の前で足を止めた。ヒビキの部屋だった。

静かに扉を開け、隙間から中の様子を覗き込む。二段ベッドの一段目に、ヒビキは眠っていた。無造作に床に置かれた収納ボックスの上に音を立てないようにしゃがんで座り、少女はその寝顔を眺めた。眠っているというのに、彼はヘッドフォンで耳を覆ったままだった。

額から流れる前髪。通った鼻筋。閉じられた薄い瞼の縁には、細い睫毛がびっしりと生えている。日中のどこか警戒心を滲ませた表情とは明らかに違う、あどけない姿だった。

マコトから貰《もら》った手袋を、少女はそっと右手から外す。真っ白な手の甲に集う泡たち。少女は唾を呑んだ。

眠るヒビキの頬に、意を決して手を伸ばす。指先が柔らかな肌に触れた瞬間、皮膚と皮膚の境界線にぶくりと泡が生まれた。それは少女の指先を蝕《むしば》み、その輪郭を失わせた。ハッと、少女は咄嗟に手を引く。ヒビキから離れた途端に、泡は止まった。

触れてはいけない。そう警告されているかのようだった。

少女は唇を噛み、じっと自分の手を見つめた。一瞬だけ触れた彼の体温の名残が、僅かでもそこにあるように思える。

指先で自身の唇をそっとなぞると、泡によってその表面が僅かに湿った。

02. bubble

【side　ヒビキ】

幼い頃から知っていた。世界にとって、自分は異物だ。身体の内側にこびりついた疎外感は、どこにいたって拭えない。

ひっきりなしに続く電車の走行音。がなるような車のクラクション。信号機から発せられる甲高い機械音。あちこちから響くスマートフォンの着信音。密集した人々が生み出すざわめき。人工的なシグナルが街には溢れかえっている。うるさかった、何もかもが。

「聴覚過敏の傾向が見られますね。身体的に問題はありませんから、他に原因があるのかもしれません。ただ、原因の特定は現段階では難しいです。日常でストレスを感じている方は症状が出やすいですから、自律神経の乱れの影響もあるかもしれないですね」

パソコン画面に表示されたカルテになにやら打ち込みながら、医師は穏やかな声音でそう言った。

懐かしい、小学生の時の記憶だ。

医師が告げた説明は幼いヒビキに対してというより、母に向けてのものだった。回転する丸椅子に座らされていたヒビキは、意味がよく分からなくて首を傾げた。隣に立つ母が気を紛らわせるようにヒビキの背を撫でていた。

母に連れられてやって来た病院で、ヒビキは色々な検査を受けさせられた。待合室で待っている間、母はずっと落ち着きがなかった。そしてそれは診察室に案内されてからも同じだった。

「対策としては、イヤーマフやノイズキャンセリングヘッドフォンを活用することでしょうか。精神的ストレスや不安が強いと症状が出やすくなることがありますから、お母さんも過度に気にせず、息子さんが過ごしやすいようにサポートしてあげてくだ――」

「過度に気にせずって、そんな無責任なこと言わないでください！」

医師の声を遮り、母は怒鳴った。その声の大きさにヒビキはびくりと身を竦ませる。

怒った時の母の声は、ヒビキの心臓をぎゅうと強く締め付ける。脳味噌の芯からビリビリと響くような、今にも逃げ出したいような心地がする。

「ヒビキはこの耳のせいで苦しんでるんです」

「お母さん、落ち着いてください。もちろんお辛《つら》いのは分かります。こちらで治療のための施設などもご紹介できますから、ヒビキ君のためにもまずはお母さんが気をしっかり持って、向き合っていきましょう」

「私、私は……」

声を詰まらせ、母が自身の目を手で覆う。髪は乱れ、頬に毛が張り付いている。

医師はヒビキの方に身体を向けると、その両目を覗き込んだ。

「ヒビキ君、君のお母さんは君のために頑張ってくれてる。ヒビキ君も頑張れるかな?」

問いかけに、ヒビキは黙って頷いた。頑張るって何を?　と心のどこかで思っていた。

ヒビキの母はシングルマザーだった。ヒビキは自分の父が何者か知らない。知っているのは、彼には別に家庭があったという事実だけだ。

妻帯者との子を妊娠した母は、父に認知を求めず自分で産み育てることを決意した。経済的な余裕は全くなかったから、日に日に母が追い詰められていることにヒビキは気が付いていた。

「だから私はあの時に言ったじゃない。そんな子産むなって」

祖母がそう言っているのが電話越しに漏れ聞こえたことがある。母親は夜になると涙ながらに祖母に電話し、ヒビキについてあれやこれやと話していた。その頃の母は治療方針が気に入らないと言って、病院を転々と変えていた。それでもヒビキの耳の不調の原因は分からなかった。

「耳さえ治れば、ヒビキだって普通の子になれるんだから。普通の子みたいにたくさん友達が作れる。だから大丈夫。大丈夫なの」

母は『普通』という枠に固執していた。繰り返される大丈夫は、いつだって薄っぺらい響きをしていた。

普通ってなんなんだろう。幼いヒビキにはよく分からない。自分にとってはこれがずっと普通なのに、そんなヒビキを母はおかしいと言う。

ヒビキは母を愛していたし、母もヒビキを愛していた。それなのに、何もかもが上手くいかない。祖母の言葉に激高した母親の叫び声が室内に響き渡り、ヒビキは両耳を手で強く押さえた。

母がヒビキを想《おも》っていることは知っている。だからこそ、自分のせいで消耗していく母を見るのは辛かった。

今、ヒビキは独りだ。だが、きっとそれでいい。

独りでいさえすれば、大切な誰かを傷付けてしまうこともないのだから。

【side　ヒビキ】

「新しい朝、希望の朝ですよー！　起きろ、ブルーブレイズ！」

スピーカーからマコトの声が鳴り響く。悪夢にうなされていたヒビキは、即座にベッドから飛び起きた。はぁ、はぁ。呼吸は荒く、額に汗が滲んだ。ずれたヘッドフォンを耳に装着し直し、ヒビキは強く頭を振る。嫌な夢を見ていたという感覚は確かにある。だが、肝心の記憶が朧《おぼろ》げだった。

伸びをすると、背中の辺りに軽い痛みが走った。昨日の怪我は完全には治癒していないらしいが、この程度ならすぐに治りそうだ。

洗面台に移動し、水で顔を洗う。後ろ甲板には巨大なコンテナやタンクが積まれており、これらの障害物のおかげでバトルクールの絶好の練習場所となっている。ヒビキ以外のメンバーは朝になると後ろ甲板に集まり、皆で体操や練習を行っている。

だが、ヒビキは基本的にそこに参加しない。理由は単純で、群れて練習を行うメリットがないからだ。ヒビキの自主練習場所は専ら予備室で、船内の梁《はり》などを利用して筋トレを行う。

梁にぶら下がり、ヒビキは懸垂した。両腕に力が入り、筋肉に負荷が掛かっているのが分かる。バトルクールにおいて、自分の肉体を鍛えることは何より重要だ。身体が出来上がっていないと、思い通りの動きにならない。

その時、予備室の扉が勢いよく開けられた。この時間の訪問者は珍しく、ヒビキは目を見開いた。

そこにいたのはウサギだった。

「ヒビキ！　アイツが待ってるよ」

「アイツ？」

梁から手を離し、ヒビキは音もなく着地する。汗を掻いたヒビキの顔をじろりと見て、ウサギは呆れたように溜息を吐いた。

「一人で自主練もいいけどさ、たまにはデッキ出て来いよ」

「練習ならここでもできるだろ」

「そうは言うけどさ、あんまり好き勝手やってるとカイがますます不機嫌になるぜ」

「別に俺は気にしない」

「気にしろよ。とにかく、今日からはアイツがいんだからな！」

それを捨て台詞に、ウサギは慌ただしく予備室を出て行った。「だからアイツって誰だよ」というヒビキのぼやきを聞く者はいなかった。

甲板に出ると、他の面々は自主練習に励んでいた。腕立て伏せをしていたカイは立ち上がると、「やっとお出ましだよ」と皮肉っぽく呟《つぶや》いた。

わざわざ来たのに敵意に晒《さら》されるのはこちらとしても不愉快だ。聞こえていない振りをして、ヒビキは甲板の先へと進む。と、その後ろからぴょんぴょんと特徴的な足音が聞こえてきた。

見遣ると、設置された機器の上に昨日の少女がいた。両手を前に揃えてしゃがむ姿は、人間というより猫みたいだ。

アイツって、コイツか。昨日、シンに言われた台詞を思い出し、ヒビキは一瞬遠い目をした。「よろしく」と言われた記憶はあるが、だからといって何をどうしていいか分からない。

とりあえず無視することを選択したヒビキの視界に、少女が強引に映り込んでくる。顔を逸らしたというのに、少女は気を悪くした素振りは一切見せず、無邪気に纏わりついてくる。

溜息を吐き、ヒビキは軽く屈伸した。そのままバトルクールの練習を行おうとしていたヒビキの頭から、少女は軽やかにヘッドフォンを奪い取った。本当に一瞬の出来事で、ヒビキは咄嗟に反応できなかった。

「おいっ」

我に返って声を上げた時には、少女はヘッドフォンを口に咥《くわ》えたままアンテナ柱を軽々と登っていた。アンテナの先に止まっていた海鳥が驚いてその場から飛び立つ。

「なんなんだよ」

思わず不満を漏らし、ヒビキはアンテナ柱へと近付く。取り返すために自分も登らなければならないのかと危惧したが、少女は興味を失ったようにそっぽを向いた。その拍子に、ヘッドフォンが下へと落ちる。

足元に転がったそれを、ヒビキは拾い上げた。見上げると、少女はまだ同じ方を向いたままだった。その視線の先にあるのは、赤い『タワー』だ。

不意に少女の唇が動き、ハミングを奏でた。

あ、と思った。耳に触れたのは、何度も聞いたことのある旋律——泡の歌だった。コイツにも聞こえるのか。もしくは、単なる偶然か。

ヘッドフォンを耳につけ直し、ヒビキは頭《かぶり》を振った。幸いなことに、少女の関心はヒビキから『タワー』へ移ったらしい。随分と気紛れな性格だ。これ以上面倒ごとに振り回されたくなかったため、ヒビキはその場から少し離れて自主練習へと移った。

バトルクールという名前の通り、この遊びの由来はパルクールにある。泡や宙に浮かぶ物体を足場にするという違いはあるが、障害物を上手く乗り越えて進むというコンセプトに変わりはない。ただ移動するだけでなく見応えのあるアクロバット要素をいれるのも、パルクールの名残だろう。バトルクールはタイムを競うものの、無駄を削《そ》ぎ落とした陸上競技からは程遠い。ルート選択やプレイヤーの配置の仕方などの戦略性と、それにプラスアルファで粋なプレイが求められる遊びだ。ここでいう粋というのは、『ヤベェ』とか『カッケェ』とかそういうやつだ。

そして、そうしたプレイをするためには、基礎スキルが重要になってくる。これを疎《おろそ》かにすると、怪我をする確率がグンと上がる。もちろん、死ぬ可能性も。

まずは基礎の基礎、『ヴォルト』。障害物を乗り越える動作のことで、手摺りやベンチなど手を使わないと越えられない障害物に対して行う。速度を落とさず滑らかに次の動作に入れるのが上手いプレイヤーで、スキルが足りないと途中で減速したり、跳び越えられずに失敗したりしてしまう。

他にも、一つの地点から別の地点へジャンプする『プレシジョン』がある。これは着地する際の正確さが重要となる。バトルクールでは特に重要なスキルだ。なんせ、失敗すると海へと真っ逆さまに落ちてしまうから。

跳ぶ技術が重要なら当然、着地の技術も重要だ。ジャンプした衝撃が足だけにかかることを避けるために行う『ランディング』は、手と足を使って四点で着地するスキルだ。

これが上手く決まらないと、着地の衝撃でしばらく動けなくなる。

他にも多くのスキルがあるが、どれも習得には練習が必要だ。まずは難度の低いスキルから入り、それから徐々にできることを増やしていくのが望ましい。令洋にやって来たばかりのころのウサギは難度の高いスキルばかりやりたがり、怪我をする度にカイに叱られていた。

跳び上がった勢いのまま壁に両手を突き、ヒビキはそのまま軸となる手を残して跳び越えながら回転する。壁を使った技『ウォールスピン』だ。と、そのすぐ傍からトサッと着地音がした。見ると、先ほどまでアンテナ柱の上にいたはずの少女が、ヒビキの真似《まね》をして壁を使って回り跳んでいた。こちらの視線に気付いたのか、少女が白い歯を見せて笑う。

ヒビキはそれを無視し、今度は開《ひら》けた場で捻り跳んだ。腕で勢いをつけ、軸足を踏み込み、反対の足を真後ろへ振り上げる。そのまま跳躍し、身体を地面に水平にして一気に回転する。難度の高いアクロバット技、『バタフライツイスト』だ。近くで様子を見ていたウサギやイソザキが「おお」と感嘆の声を上げた。

ヒビキがちらりと少女の方を見ると、彼女はなぜか嬉しそうに目を細めた。そのまま足を踏み込み、少女は軽々とヒビキの動きを再現する。強張りの一切ない、あまりにも自然で滑らかな動きだった。

少女は爪先から着地し、勢いそのままにヒビキの方を向いた。得意げに、その鼻腔が膨らむ。最初はヒビキに張り合っているのかと思ったが、その割には笑顔に邪気がなさ過ぎる。これが的外れな自惚《うぬぼ》れでなければ、彼女はヒビキに褒められたがっているように見えた。

見えたのだが、

「………」

ヒビキは何も言わず、甲板のさらに隅へと移動した。ペースを狂わされるのが嫌だった。

「あの変な格好した奴、マジで凄くね？」

興奮しているのか、ウサギが上擦った声で少女を指さす。「変な格好の奴って……」

とイソザキが苦笑した。

「なあお前！　どっかでバトルクールやってたのか？」

話しかけるウサギに、少女はキョトンと首を傾げた。

「知らないなら俺が教えてやるよ！」

「先輩面すんなっての」

「いててて」

調子に乗るウサギの頭を、カイが後ろから右手で軽く摑む。その反対の手には厚みのある本が握られている。カイの愛読書である令洋のマニュアルだ。操舵室に残されていたものらしいが、専門用語だらけでヒビキには面白さが分からない。

「確かに、この子がパルクールを覚えたら凄そうだよな」

空になった洗濯カゴを抱えたオオサワが、笑いながら練習場へと顔を出す。今日の朝の洗濯当番は彼だった。腰に手を当て、イソザキがカイの方を見遣る。

「ヒビキのおかげで連勝しているウチらだ。そろそろ新戦力で備えないとな、リーダー」

「誰のおかげって？　ったく、チームプレイを分かってない奴ばっかだよ」

ウサギから手を離し、カイはあからさまに不満そうな顔をした。ニットキャップを外しているせいで、明るい色をした彼の長髪が朝風に靡《なび》いている。「いいか」とカイは少女へ語りかける。

「他の奴らに変なこと吹き込まれる前に教えておいてやる。俺はカイ。ブルーブレイズのリーダーだ」

「カイはそこそこすげーんだぞ、機械も弄《いじ》れるし」

「そこそこは余計だろ」

茶化すように言ったウサギを、カイは軽く睨みつけた。

「で、こっちがイソザキ。眼鏡のスポーツ刈りって覚えとけ。とにかく頭が回る」

「なんだか雑な紹介だな」

「その横にいる大きいのがオオサワ。料理や裁縫が得意で、令洋に住んでたら絶対に世話になる」

「よろしくね」

「このチビがウサギ。ブルーブレイズの最年少のクソガキだ」

「俺だけひどくね？」

ウサギが口をへの字に曲げた。少女はまん丸の瞳をさらに丸くし、順番にチームメイトの顔を観察していた。

「そして――」とカイが隅っこにいるヒビキを指さす。

「アイツはヒビキ。一匹狼《いっぴきおおかみ》を気取ってる」

思わず反論したくなったが、ぐっと堪《こら》えた。聞き耳を立てていると思われるのは癪《しゃく》だ。

「分かったか？」と尋ねたカイに、少女は返事しなかった。

「昨日から全然喋んねーよな」とウサギが不思議そうに言い、「言葉は分かってるみたいなんだけど」とイソザキが眼鏡のブリッジを軽く押さえた。

「声が出ないのかもしれないな」とオオサワが心配そうに眉尻を下げる。

「そうなのか？」

そうカイが少女に問いかけた時には既に、少女はその場から忽然《こつぜん》と姿を消していた。

「……あ？」

「うわあっ、何してんの！」

啞然とするカイの耳に、朝食の支度をしていたはずのマコトの悲鳴が聞こえてくる。次いで鶏のけたたましい鳴き声が聞こえ、ヒビキを除く四人はマコトの元へ駆けつけた。ヒビキはというと、四人の後をゆっくりと追いかけることにした。どうせ大したことじゃない。

マコトがいたのは、後ろ甲板に設置されている鶏ケージだった。廃材を利用して作ったケージには、数羽の雌鶏《めんどり》が飼育されている。雌鶏たちは頭が良く、滅多なことでは外に逃げ出さない。そんな鶏たちがケージの外で暴れ回っている。理由は単純で、追い出された上に入り口が塞がれているからだった。

スカートから見える少女の足。散乱する白い羽根。彼女は頭を鶏ケージに突っ込むと、何やらゴソゴソと中を漁っていた。外に放り出された雌鶏たちは、自分の領土《テリトリー》を襲われて怒り心頭だった。

「ちょっと、やめなさい！」

そうマコトが叫ぶが、少女は聞く耳を持たない。ケージの中への興味は失ったのか、今度は外にいる雌鶏を追いかけ回し始める。見事な四足歩行だ。

「猫みてぇだ」とウサギが笑い、「笑い事じゃないわよ」とマコトが少女を追いかける。鶏を追う少女を追うマコト、という構図の出来上がりだ。あまりの光景に、ヒビキは自身のこめかみを押さえた。どう考えても非常識な行動だ。彼女の行動にいちいち付き合っていたら身が持たない。

「もう、止まりなさいって」

マコトがいくら言おうと、少女は耳を貸さなかった。巨大な四足歩行の生き物に追われている雌鶏は我を忘れてパニックになっている。

自分がここにいる必要性が感じられず、ヒビキは踵《きびす》を返した。と、その時、マコトの悲鳴が上がった。

「危ない！」

ヒビキが顔を上げると、すぐ間近に小さな影が迫っていた。気付いた時には既に遅く、頬にピリリとした痛みが走る。反射的に、ヒビキは自分にぶつかってきたそれを両腕で抑え込んでいた。よくよく見ると、先ほどまで少女が追いかけ回していた雌鶏だった。よっぽど怯《おび》えているのか、雌鶏は腕の中で「クゥックー……」と悲愴感《ひそうかん》たっぷりに鳴いた。

「ヒビキ、大丈夫だった？」

息を切らしながらマコトがこちらへ駆け寄って来る。そのすぐ近くでは、手を卵塗《まみ》れにした少女がキャッキャと別の鶏を追いかけ回している。彼女の小さな指と指の隙間にこびりつく、崩れた卵黄。ヒビキは思わず顔をしかめた。

「最悪だ」

「まぁまぁ。さっきから雌鶏がビックリして逃げ回ってるみたいで」

マコトが駆け回る少女の方を見る。そこで少女は動きを止めると、目を爛々《らんらん》と輝かせた。ヒビキの腕の中にいる雌鶏に視線をロックオンさせている。嫌な予感がプンプンとして、「待て待てっ」とヒビキは思わず制止した。必死さが通じたのか、少女は素直に動きを止めると不思議そうに首を傾げた。皆が何を大騒ぎしているのか理解できないといった様子だ。

「もしかするとこの子、鶏を見たことがないのかも」

そう言いながら、オオサワが抱き上げるようにして近くにいたもう一羽の雌鶏を捕獲した。雌鶏の興奮が収まったのを確認し、オオサワは大きな手の平で嘴《くちばし》の周りを撫でた。雌鶏は気持ち良さそうに瞼を閉じている。その様を、少女はじっと見つめている。

大人しくなった少女に視線を合わせるように、オオサワは膝を曲げて軽くしゃがんだ。

「ダメだぞ、生き物をいじめたら。鶏も、君も、同じように命を持ってる。だから、どちらも大事にしないと。……俺の言ってること、分かるかな？」

その言葉に、少女はますます首を傾げる。

「これから分かっていけばいいいよ」

オオサワは雌鶏を抱えたまま、少女の肩をそっと叩いた。そのままこちらを向き、驚いたように目を丸くする。

「ヒビキ、頬が切れてる」

「え？」

頬に触れると、確かに指の腹にぬるつく感触があった。僅かに血は出ているが、大したことはない。多分、鶏の爪が当たったのだろう。ヒビキが手の甲で血を拭ったのを見てか、少女も真似するように自分の頬に手を擦り付ける。卵塗れの手では、ただ肌を汚すだけだったが。

何か言いたげに手の平を広げてみせる少女を見て、ヒビキは眉間に皺を寄せた。

「あのなぁ、お前の大暴れのせいでこっちは迷惑したんだよ」

「まぁまぁ、大事にならなくて良かったってことで」

そう言って、マコトは安堵したように大きく伸びをした。くたびれた白衣に皺が寄る。

「さっきのでいくつか卵がダメになっちゃった。食べられそうなのもあったから、今日の朝ごはんで大量消費ね」

「とにかく鶏を小屋に戻さないと」

歩き出したオオサワの後を、ヒビキは一定の距離を空けて追う。萎縮したのか、腕の中の雌鶏はすっかり大人しくなっていた。

「おお、卵尽くしじゃん」

テーブルの上に並んだ皿を見て、ウサギが声を弾ませる。食堂では焼き立てのパンの香ばしい匂いが漂っていた。

メンバーたちは各々決まった席に着き、大皿から料理を取り分けたりしている。少女はきょろきょろと周囲を見回していたが、ヒビキの隣の席が空いていることに気付くと、すぐにその場所に陣取った。普段から空いている席とはいえ、確認もなしに座るのはどうかと思う。

大皿に盛られているのはうっすらと焦げ目がついた食パン。カゴにはクロワッサンやバターロールといったパンが入っている。それぞれの前に置かれた小皿にはボイルされたウインナーとその横にレタスが添えられており、さらに鍋敷きに置かれたフライパンには鮮やかな黄色をしたスクランブルエッグが入っている。追加でマコトが回してきた小皿には、半熟の目玉焼きが乗っていた。

「それじゃ、いただきます」

「いただきます！」

周りが合掌しているのを見て、少女はぎこちなく両手を合わせた。なんとなく手持無沙汰で、ヒビキは自分のイニシャルが書かれたプラスチックカップに視線を落とす。

茶色の水面に映る自分の頬には、不格好に絆創膏《ばんそうこう》が貼られていた。大した怪我じゃないと何度も言ったのに、マコトに無理やり貼られたのだ。

「それ似合ってんな」

揶揄するように笑うウサギを無視し、ヒビキはウインナーにフォークを突き刺した。カイがフンと鼻を鳴らす。

「修行が足りねぇんだよなぁ」

修行も何も、悪いのはコイツだろ。と、ヒビキは隣に座る少女を盗み見る。彼女は手を伸ばして食パンを取ると、警戒した様子で角の方を小さく齧った。もぐもぐと咀嚼《そしやく》していた口の動きを急に止め、目を瞠《みは》り、一口分の齧り跡が残る食パンを凝視している。どうやら相当お気に召したらしい。喜色のオーラを振りまきながら、少女はがつがつとパンを頬張り始めた。

「俺は鶏なんかに絶対やられねっすよ」

「あっそ」

カイの渾身《こんしん》のアピールは、マコトにあっさりとあしらわれた。それでもカイはめげない。

「実は令洋も動かせるって言ったら信じます？」

「へー」

「ちょっとは興味持ってくださいよぉ」

「どうでもいいけど、ビッグマウスはモテないわよ」

「つれないっすね。ところでマコトさん」

「何」

「この目玉焼き最高です」

「誰が焼いても同じでしょ」

「そんなことないですよ。焼き加減に性格が出るって言うじゃないですか」

「あ、ウサギ。その皿のウインナーは余りだから。後でジャンケンよ」

「ちゃんと聞いてくださいよ！」

二人の会話を聞き流し、ヒビキは隣に座る少女へと意識を向ける。パンを夢中で貪っていた彼女の関心は、既に目の前の目玉焼きに移っているようだった。固く焼けた白身を、左手で摘《つ》まみ上げている。

そのまま食べる気か？　とヒビキはフォークを彼女の方へ差し出した。先端を向けられ、パッと少女が目玉焼きから手を離す。

「これ、さっきお前が潰した鶏の卵。二度とあんなことするなよ」

少女はぱちりと大きく瞬きし、フォークを受け取った。三《み》つ叉《また》に分かれた先端を、黄身に突き刺す。卵黄を覆う白の薄皮が破れ、中からじわりと濃い黄色が溢れ出した。それを白身に塗りたくるように、少女はくるくるとフォークで円を描く。

皿の中に生まれる、小さな黄色の渦。

「……変な奴」

頬杖《ほおづえ》を突き、ヒビキはぽつりと呟く。少女は皿ごと持ち上げると、目玉焼きをまるまる口へと掻き込んだ。豪快な食べっぷりに、マコトが呆れたように口を開く。

「それにしてもホントよく食べるわね、この子」

「食べ過ぎじゃね？　食料はキチョーなんだから、味わって食えよ」

偉そうに言うウサギに、イソザキはクックッと喉奥を鳴らして笑った。

「ウサギも最初にウチに来た頃はこんなもんだったよ」

「んなことねーって！　俺、ずっとイイ子じゃん」

「よく言うよ」

子供っぽく口を尖らせたウサギを見て、イソザキとオオサワが顔を見合わせて笑う。

お茶の入ったカップをテーブルに置き、マコトは軽く首を傾げた。

「それにしても、呼び名がないと不便ね。この子の名前は？」

後半の問いかけは、ヒビキに向けられたものだった。眉間に寄った皺をさらに深くし、ヒビキはクロワッサンの先端を齧る。

「さあ？」

「さあって……アンタの命の恩人でしょ？」

「シンさんから世話を頼まれたのもお前だろ」とカイが余計な口を挟んだ。シンの名前を出されると腹の底がムズムズする。全てを突っぱねたいと思っているのに、拒否する自分になぜだか抵抗を覚えてしまう。

「名前、つけてあげなさいよ」

マコトが身を乗り出す。周囲の人間は困っているヒビキを見てニヤニヤしていた。完全に面白がっている。

「………………」

ここまで来たら、何も言わないのは逃げたと思われるようで癪だ。ヒビキは少女を見た。横顔から覗く唇に、乾いた卵黄がこびりついている。

「……じゃあ、『ウタ』」

告げた言葉に、マコトは首を捻った。

「なんで？」

「さっき歌ってたから」

「なにそれ、テキトー過ぎない？　っていうか、歌ってるって誰が？」

「コイツが」

ヒビキは親指の先端を少女の方に向ける。オオサワが嬉しそうに目を細めた。

「へぇ、ウタはヒビキの前では歌ってるんだね。いいな、声が聞けて」

「いやいや、さっきの練習の時も歌ってただろ」

「練習に夢中で聞こえなかったのかもな」とイソザキが冷静に分析し、

「俺は聞いてねぇぞ」とカイが素っ気なく言い、

「俺もー」とウサギは手を挙げた。

どうやら本当に聞こえていなかったらしい。少女は食べ進める手を止めると、ヒビキの顔をじっと見上げた。青みがかった前髪の下で、睫毛が軽く上下する。

ヒビキは人差し指を伸ばし、少女――ウタの方へと向けた。

「ウタ」

次に、指先を自分の方へ向ける。

「ヒビキ」

もう一度、ヒビキは同じことを繰り返す。

「ウタ」

指さした動きを真似るように、ウタは自分で自分を指さす。

「ヒビキ」

今度はヒビキの方を指さす。そして、再び彼女は自分の方を指さした。期待に満ちた眼差しが、ヒビキの両目を真っ直ぐに射抜いた。

ヒビキは言った。

「ウタ」

軽く引き結ばれていたウタの唇が、花が綻ぶように笑みを作る。その喉元から、言葉未満の音が漏れる。吐息に近い、意味を成さない声だったが、彼女が喜んでいることは明らかだった。

「ふふ、気に入ったみたいね」

見守っていたマコトがウタの前に置かれたプラスチックカップに手を伸ばす。客人用のカップには、まだ名前が書かれていなかった。

「じゃ、この子の名前はウタで決定だ」

マコトはペンケースに無造作に突っ込まれていた油性マジックを手に取ると、サラサラとカップの表面に文字を書き込んだ。必要ないだろうに、ピンク色のマジックでハートマークまで書き加えている。

「ウ・タ……と。はい、これでこのカップはウタのものね」

ウタは手渡されたカップを受け取ると、ひっくり返したり、蛍光灯の光にかざしたりした。何も知らない赤ん坊が好奇心のままに動いているみたいだ。

その肩に優しく手を乗せ、マコトは新しい仲間へ声をかけた。

「よろしくね、ウタ」

ウタはカップを動かす手を止めると、満面の笑みで頷いた。

「令洋は元々、測量船なんだよ」
ガン、ガンと通路に荒っぽい足音が響く。カイは普段、踵《かかと》を打ち付けるようにして歩く。ヒビキはヘッドフォンがしっかりと耳を覆っていることを確認すると、隣を歩くウタへ顔を向けた。彼女は無邪気に両目を輝かせながら、船内をキョロキョロと見回している。

新入りのウタに令洋の案内を申し出たのはカイだった。これ幸いとヒビキは自室に引き籠もろうとしたのだが、「アンタもついてってやりなさい」とマコトから釘を刺されて今に至る。

相槌を打つのが億劫で黙っているヒビキと何の言葉も発さないウタを他所《よそ》に、カイは珍しく饒舌《じょうぜつ》に語り続けていた。

「現役の時は水深測量や海底地形の調査、他にも海流、海水温についても調べてた。マコトさんみたいな調査員の科学者が令洋に派遣されるのも、こうした設備があるからだな。それと、船の色んなところにアンテナが立ってるだろ？　アレは衛星通信だったり、気象観測だったり、それぞれで用途が違うんだ。前甲板にあるデカい機械は停泊の時に錨《いかり》を下ろしたり、巻き上げたりするためのモンだな。令洋はここから動かねーから使うことはねぇんだけど」

　クイッと指を伸ばし、カイは上を指さす。

「一番高い場所にある船橋っていうのは、所謂操縦室みたいなところだな。令洋を操作するには車と同じようにハンドルを使うんだ。あと、令洋は測量船に必要な特性上、長時間同じ場所に留まれるようにアジマススラスターを採用して――」

　そこで一度喋るのを止め、カイはヒビキとウタの顔を交互に見た。明らかに小馬鹿にした様子で、フッと鼻で嗤う。

「ま、お前らには難し過ぎるか」

「そもそもそこまで説明しろって頼んでないけど」

「感謝を知らねぇ奴だなぁ。大体、お前に解説してないっての」

　三人は階段を降り、一番下のフロアへ向かう。ウタは通路の壁に取り付けられた金属製のプレートに釘付けになっていた。船内の案内図だ。

「一番下のフロアには機関室と機関管制室、あとは談話室と予備室がある。この予備室が今は宿泊部屋で、一人一部屋与えられてる。全部の部屋が二段ベッドなのは、船として使われてた頃に二人で一部屋だったからだろうな。談話室はマコトさんの部屋だ。昨日、ウタが寝てた部屋」

伝わっているのかいないのか、ウタは表情を変えずにコクリと頷いた。

金属製のプレートの上をカイの指が辿る。その爪の先が、今度は上のフロアを指す。

「上のフロアには風呂やトイレ、観測準備室がある。あとは調理室と食器室、食堂扱いの公室だな。で、そっから階段上がってくと第二航海船橋甲板に出る。ここはこの船の一番高い場所にある部屋で、船長室と操舵室と観測室がある。観測室はほぼマコトさん用になってるな。色々と研究用の機器があるから、勝手に入るなよ。お前が入るとうっかり壊しそうだからな。あと言っとかなきゃなんないのは何だろな。令洋にはマルチビーム音響測深機ってのがあって、船底にある機械から海底に向かって音波を発射して海底の地形を——」

「分かったから、それ以上はいい」

放っておくといつまでも解説が続きそうだったため、ヒビキは咄嗟に口を挟んだ。普段はぶっきらぼうなカイだが、こと令洋についてとなると話が変わってくる。溜め込んだ知識を誰かに語りたくて仕方がないらしく、こうして話が止まらなくなってしまうのだ。

「話が細か過ぎてウタが全然聞いてない」

ヒビキが指さした先には、船内に入り込んだ蝶《ちょう》を追いかけ回すウタの姿があった。モンキチョウがひらひらと空を飛び回っている。

ニットキャップを引っ張り下げ、カイは軽く肩を落とした。

「令洋のありがたみが分かってない奴らばっかりだよ」

「………」

黙り込むヒビキに、カイは背を向けた。手摺りに腕を乗せ、彼は上半身だけでこちらを振り向く。

「それにしても珍しいな、ヒビキがこういうことに付き合うの」

「別に」

「可愛《かわい》げのねぇ奴」

Tシャツの襟から覗く首筋を擦り、カイは階段を上がっていった。案内はここで終了ということだろう。未だにモンキチョウに手を伸ばしているウタへ、ヒビキは声をかける。

「俺もう行くから。あとは勝手にすれば」

その言葉に、ウタはぴょんとその場で飛び跳ねた。理解したのかと思いきや、こちらに向かってトタトタと駆け寄って来る。触れるにしては遠く、しかし喋るにしては近い距離を保ち、ウタはこちらの顔をじっと見上げた。

「なんだよ」

ウタは答えない。その代わり、彼女は先ほどの案内図を指さした。その指の先が示しているのは、昨晩ヒビキがマコトと話した船橋にある甲板だった。

青い空、青い海。……なんてシチュエーションは長らくこの東京ではお目にかかれていない。眼下に広がる海の表面にはムース泡が広がり、海の一部を侵食している。空には自転車や瓦礫が漂い、その空間の隙間を埋めるようにシャボン玉のような泡が辺り一帯に散らばっていた。

甲板にでたウタが真っ先にしがみついたのは、蔦が纏わりついた手摺りだった。その上に顎と腕を乗せ、ぐてんと身体を垂らしている。太陽の日差しが気持ち良いらしい。滑らかな頰が光に照らされ、その産毛がピカピカと輝いている。

ヒビキはすぐ傍に立つと、右腕だけを置いて手摺りへもたれかかった。真っ青に光る水面を指さし、口を開く。

「水がいっぱいあるだろ、アレが海だ」

ウタは何も言わない。ただ、その唇が小さく動いた。「うみ」という音をかたどっているようだった。

「そう。で、アレが空」

指を、今度は空へと向ける。ウタはまた唇を小さく震わせた。

「そしてアレが」とヒビキは宙に漂う泡を指さす。

「泡だ。五年前まで、俺が知ってる泡はこんなんじゃなかったんだけどな」

彷徨《さまよ》う泡の一つに、ヒビキは手を伸ばす。手の平を使って優しく撫でても壊れないが、爪を立てるようにして引っ掻くと泡は簡単に弾けてしまう。

「シャボン玉、よく一人で吹いてたんだ。母さんが買って来てくれてさ。今ここにある泡は見た目はシャボン玉みたいなのに、触ってみたら明らかに違う。壊れずに残ってるやつも多いし。それってなんか……やっぱ、普通じゃないよな」

ウタは泡を凝視していたが、声を出さずに「ふつう」と口を動かした。繰り返された空気の震えに、ヒビキはハッと我に返る。

「いや、今のはナシだ。普通とか普通じゃないとか、そんなのは気にしなくていい」

手摺りから身を離し、ウタは自分の髪をくしゃくしゃと掻き混ぜた。細い髪の毛が、風に攫われて靡く。

「俺の言ってること、どこまで分かってる？」

問いかけたヒビキに、ウタはニカッと歯を見せて笑ってみせた。能天気な表情に、肩の力が一気に抜ける。

「気にし過ぎか」

デッキに寝そべろうとしていたウタの動きが、不意に止まる。何もない場所を指さし、彼女はヒビキの顔を見上げた。アンテナ柱の影と影の境目に、日光が落ちている。

眩《まぶ》しさに目を眇《すが》め、ヒビキは言った。

「それは、光だ」

「ひかり」とウタがまた唇だけを動かした。

「そう。形もないし、触れられない。だけど、そこに間違いなくある」

不思議そうに小首を傾げ、ウタは陽《ひ》だまりの中に手を突っ込んだ。手を握ったり開いたりしているが、光はちっとも摑めなかった。


「ウタならさっき談話室で逆立ちしてたぞ」

「ウタのヤツ、台所でつまみ食いしてたんだぜ。ずりぃよな」

「甲板で走り回ってるウタを見たよ」

「ウタが船長室の窓に張り付いてた。ちゃんと見張っとけっての」

イソザキ、ウサギ、オオサワ、それにカイまで。船内でヒビキとすれ違う度に、なぜか皆がウタの居場所を報告してくるようになった。これまでは他の奴らが声をかけてくることは少なかったというのに、露骨な距離感の変化にヒビキは困惑を隠せない。特に、イソザキやオオサワはこちらの警戒心に敏感で、今まではヒビキが引いた境界線を絶対に越えようとはしなかった。それがなんだ。ウタが一人入っただけで、急に大人の対応を止めやがって。

「ウタ、待てって」

追いかけっこをしているつもりはないのに、ウタはキャッキャと笑いながら軽やかに階段を駆け上がる。とっくに日は沈み、時刻は午後八時を回っている。周囲は暗く、外側に取り付けられたライトだけが令洋を照らし出していた。

逃げるウタが観測室の扉に手をかける。ヒビキは慌ててその後を追った。扉が開いた瞬間、「終わったー!」という太息交じりのマコトの声が響き渡った。扉の隙間から潜り込むようにして中へと入ったウタの後に、仕方なくヒビキも続く。マコトの仕事部屋である観測室は、普段、令洋の子供たちは誰も近付かない。

「って、アンタたち何してるの」

伸びをしていたマコトが、勢いよくこちらへ顔を向けた。仕事中だったのだろう、マコトの前に置かれたパソコンは煌々《こうこう》と明るかった。

室内には長いデスクが複数台置かれ、その全てをマコト一人で使用している。手前のデスクはモニター用で、奥のデスクは作業用だ。一体何に使うのか、この部屋のモニターの台数を数えるには片手じゃ足りない。

元々キャスター付きの椅子もあったのだが、マコトはわざわざバランスボールを持ち込んで椅子代わりに使っている。奥にあるハンモックは仮眠用らしいが、その上に置かれたブランケットはぐちゃぐちゃに丸められていた。

「ウタが勝手に」

上手い言い訳を思いつかず、結局ヒビキは事実を伝えた。当のウタはというと、デスクの上に置かれた豚型の蚊取り線香ホルダーをしげしげと見つめている。

「相変わらず自由ねぇ」とマコトは笑った。どうやら怒ってはいないらしい。ヒビキはのそのそとマコトに近寄ると、モニターを覗き込んだ。画面には数字とグラフが並んでいるが、それが何を意味しているのかヒビキにはさっぱり分からなかった。

「マコトの仕事って、結局何なの」

「基本的には観測よ」

「泡の？」

「そう。厳密に言うと、泡によって起こる重力場の変動の観測。バトルクールをやってたらアンタも感じるでしょ？」

問いかけられ、ヒビキは頷いた。泡の発生するタイミングや強度にある程度規則性が見られるエリアもあれば、変則的な変動が起きているエリアもある。野良泡が怖がられるのは後者に当てはまるからで、性質の摑めていない泡をバトルクールの通行ルートに組み込むのは博打《ばくち》に近い。触った瞬間に割れて海へと真っ逆さま、なんてことになったら洒落《しやれ》にならない。

「前回からの重力場の変異で移動可能エリアに変更ナシ。他、周期性法則にも変化ナシ。次回の配給段取りにも問題ありません、……ってデータをチェックして本部に報告するってワケ」

「どうやって観測するんだ？　重力場って」

「泡の周囲に重力計を設置してるのよ。この記録を集めて本部に送るのが私の仕事。都外の奴らはこのデータを手掛かりに泡の研究を進めてるの。泡は壁の外には運べないし、現物を見たいならこっちに足を運ぶしかない」

泡を外に持ち出せるかという実験は、五年前の爆発が起きてすぐに行われた。二十三区を覆うドーム状の壁泡は目に見える境界ではあるが、物や人は一応行き来できる。ただ、泡だけは外に持ち出せない。空を漂うシャボン玉状の透明な泡も、海面に浮かぶムース泡も、どちらも壁泡の外へ出た瞬間に消失してしまうのだ。

「機械が壊れたりした場合はどうするんだ？」

「その時はシンさんに新しい機械の設置を頼むの。内地の様子を熟知している人間は貴重だから、シンさんは本部にとってもありがたい存在よ。元々、そこそこ偉い人だったっぽいし」

「へー」

「配給だって、シンさんがいなきゃどうなってるか。定期的に物資補給ヘリがここに来るけど、そのルートを選ぶのだって大変なんだからね。重力変動に巻き込まれたら落ちちゃうし。本当、シンさんは凄い人なのよ。渋くてカッコよくて優しくて……」

「ふーん」

シンについて語る時、マコトの声はいつも少し上擦る。分かりやすい大人だ。

「それ、本人に言えばいいのに」

「ばっ、馬鹿じゃないの！」

思ったことを口にしただけなのに、マコトはヒビキの背をバシバシと叩いた。何をごまかしたいんだか、彼女は急に布巾を手に取るとデスクを拭き始める。

「大人を揶揄《からか》うんじゃないわよ、全く。大体、私は仕事でここに来てるワケだし？　余計なことを考えてる暇はないというか？　アー、オシゴトタノシイナー」

「恐ろしいくらい棒読みだな」

「うっさいわね。どうせ私は可愛げのない女ですよ」

「いや、そんなこと一言も言ってないだろ」

長方形の液晶には、透き通る泡の画像が表示されていた。その横には細かい数字が添えられている。ヒビキには意味が分からないが、マコトにとっては重要な情報なのだろう。

「マコトは泡をどう思う？」

「どうって？」

「みんな、テキトーなことばっか言ってるだろ。中の奴らも、外の奴らも」

降泡現象は災害で、泡には極力触れない方がいいというのが社会における一般的な認識だ。その他にも、神話の大洪水伝説は数千年前にもこの泡が地球に降り注いだことの証なのではないかだとか、某国が人工天候操作実験を行って失敗した結果ではないかだとか、立派な尾ヒレのついた噂があちこちで独り歩きしている。

「現時点で分かっていることは、泡は未知の物質構成をしてるってことね。宇宙から飛来したんじゃないかって言われてるけど、現時点ではまだ確信は持てない。研究は続いてるけど、今の科学の力じゃ分析するにはまだまだ時間がかかるみたいね」

「じゃあ、マコトでも分からないんだな」

「私なんてしがない組織人だからね、分からないことも多いわよ。ウチの組織ですら『神の与えた試練だー！』なんて言ってるヤツがいるけど……ホント、馬鹿みたいよね」

視線を下げ、マコトはハッキリとそう吐き捨てた。彼女には珍しく刺々《とげとげ》しい口調だった。

「マコトは神が嫌いなのか」

「嫌いというか、いるワケがないと思ってる。いたら、五年前の悲劇は起きてない。あれだけ祈っても、神様は何もしてくれなかった」

布巾を握るマコトの右手に力が入る。出っ張る指の関節から青い血管がうっすらと浮き上がっていた。唇を噛み、マコトはぎゅっと強く目を瞑《つむ》る。

次に瞼を開けた時、彼女の横顔から怒りの色は消えていた。

「ごめん、変なこと言ったわね」

「別に変だとは思わないけど」

ただ、なんと言っていいかは分からない。他人の、それも大人の傷が垣間見《かいまみ》える瞬間というのはドキリとする。マコトは左手を差し出すと、ヒビキの前に掲げるように開いてみせた。

「知ってる？　世界は崩壊と再生を繰り返してるんだって。集まって、爆発して、散らばって。そしてまた、集まる」

ほっそりとした彼女の手が強く結ばれ、そして開く。

「崩壊と再生のサイクルの、そのきっかけは何なのか。何が世界をそうさせるのか」

「マコトが一番知りたいのはそれ？」

「そう。そして私はその答えが泡——bubble にあると思ってる」

バブル、とヒビキは馬鹿みたいに同じ言葉を繰り返した。目の前のモニターには、美しい球体の泡が映し出されている。写し絵であるそれが壊れることは、永遠にない。

「マコトは——」

その答えを知ったらどうするんだ。喉まで出かかった疑問は、扉をノックする音に遮られた。コンコンコンという単調な音が鳴って数秒後、「入るよ」という声と共に扉が開かれる。

姿を現したのは、ビール缶を両手に持ったシンだった。

「シ、シシシシシンさん！　やだ、こんなところに。待ってくださいね、いま片付けますから。あっ」

慌てふためくマコトの足がバランスボールを盛大に蹴飛ばした。もたん、もたんと飛び跳ねながら転がるボールを、ウタが嬉々として受け止める。マコトの動揺に気付いていないわけがないだろうに、シンは何事もなかったかのように室内へと入って来た。

「珍しいね。ヒビキがここにいるなんて」

「ウタが勝手に入ったので、仕方なく」

「ウタ？」

首を捻るシンに、ヒビキは口を噤んだ。そんなつもりじゃなかったのに、言い訳がましくなってしまった。

白衣の裾をパンパンと手で払い、気を取り直したマコトが口を開く。

「ヒビキが名前を付けたんですよ。もー、この子ったらすっかりヒビキに懐いちゃって」

「そうかそうか、仲良くなったならよかったよ。ちょうどその子の件も聞こうと思ってたからさ」

そう笑いながら、シンは揺れているハンモックの上に浅く腰掛けた。バランスボールを器用に乗りこなすウタを一瞥し、その口角を僅かに上げる。

「その子、運動神経良いでしょ。パルクールも上手そう。次のバトルクールの試合には出すの？」

「シンさんってば、女の子にあんな危ないことさせる気ですか？」

「いまの時代、女も男も関係ないよ。やりたいヤツがやりたいことをするのが一番いい」

「それはそうかもしれないですけど」

視線を下げ、マコトが自分の腕を擦る。と、その時、遊んでいたウタが急にバランスボールから飛び降りた。何かに引き寄せられるかのように、ふらふらと観測室を出て行く。「おい」とヒビキは声をかけるが、ウタは聞く耳を持たない。

仕方なく、ヒビキはその背を追いかけた。「仲が良くて何よりだよ」とどこかほっとしたようなシンの声が後ろから小さく聞こえていた。

【side マコト】

部屋を後にするウタとヒビキを、マコトは目だけで追いかけた。子供がいなくなった観測室は、途端に静まり返る。シンが座っているハンモックが軋み、どこか背徳めいた音を立てた。

「持ってきたけど、飲む？」

「ありがとうございます」

差し出されたビール缶を受け取り、マコトはおずおずとバランスボールに腰掛けた。

プルタブを引くと、ぷしゅっと空気が抜ける音がする。

「ヒビキ、雰囲気が柔らかくなってたね。良い傾向だ」

そう言って、シンは口元を綻ばせた。薄い唇の隙間から整った歯列が覗く。マコトは目を逸らし、缶に口をつけた。爽快感と苦みが舌の上に押し寄せた。

「ウタのおかげだと思います、きっと」

「ヒビキってさ、最初に付き合う子と結婚しちゃうタイプだね」

「それ、本人が聞いたらへそ曲げちゃいますよ」

「はは、素直に態度に出してくれるなら歓迎だけど」

自身の太腿《ふともも》の上に頬杖を突き、シンはどこか遠い目をした。そのハーフパンツから伸びる脚は、いつものごとく黒のスポーツタイツに覆われている。

「シンさんって、ヒビキの身元引受人なんですよね」

「まぁな」

「他に引受人になってる子っています？」

「あはは、いないよ。俺もそこまでお人好しじゃない」

「じゃあ、ヒビキは特別ってことですか。血縁関係があるとか？」

そうではないだろうと思いつつも、マコトはシンに問いかけた。案の定、彼は首を左右に振る。

「ないない。ただ、あの五年前の爆発事故の生き残りがいるって聞いた時、なんとかしてやりたいと思ったんだよね。あの時、俺の家族と同じ場にいて、それでも生きてる奴がいるんだって思うと、どうしてもさ」

口角を上げ、シンはわざと軽薄な笑い方をした。その双眸《そうぼう》に自嘲めいた感傷が滲んだのを見て、マコトは一瞬だけ息が詰まった。胸が締め付けられるような、やるせない気持ちが込み上げる。

彼の左手の薬指には今もなお、傷だらけの指輪が光っている。

「……シンさんは立派ですよ。今だってこうして内地の子供たちの面倒も見てるし」

「どうだろうな。結局は全部、オジサンの自己満足だよ」

「そんなことないですよ。私に同じことはできないですから。今だってここにいますけど、じゃあ仕事を全部抜きにしてここにいる子たちの面倒を見られるかって言われたら難しいでしょうし」

「そりゃそうだ。大人にとって、仕事は大事だし。そうやって真面目に考えられるってことは、マコトには責任感があるってことだ」

「私のことはどうでもいいんですよ、今は」

「そうなの？」

「そうです。私はシンさんのことを……」

「ことを？」

ビール缶を傾けながら、シンがこちらに視線を向ける。彼の垂れ目がちな両目は相手に柔和な印象を与える。最初に会った時からそうだった。シンは優しくて、ユーモアがあって、

「私は、シンさんのことをもっと知りたいって思ってますから」

「こんなオジサンのことを？　まぁ、マコトみたいな子の周りには俺みたいなテキトーな大人がいないから物珍しいかもね」

——そして、残酷なほどに大人だった。

大事なところほど、彼はきちんと線引きしてくる。『恋愛なんて馬鹿になった方が勝ちよ』と得意げに言っていた大学時代の友人のことを急に思い出し、マコトはバレないように頬の内側を噛んだ。

馬鹿になれたなら、どれだけ楽に生きられるだろうか。白衣の袖を捲《まく》り、勢いよくビ

ールを呷る。喉の奥が焼けるように熱くなって気持ちいい。

「シンさんは後悔してないですか。自分の今の生き方」

「凄いこと聞くな。酔った？」

「少しだけ」

眦を微かに下げ、シンが缶の表面を指でなぞる。

「後悔はないよ。そりゃね、やってた会社を売るって決めた時には半分自棄みたいになってたけど、今となってはそれで良かったと思ってる」

「凄い決断ですよね。シンさん、社長だったのに」

「多分、人生をリセットしたかったんだ。大切な家族がいて、会社の経営も上手くいって、趣味のパルクールだって大会に出るくらいには楽しんでて。あとは成功者のレールに乗り続けるだけだと思ってたら、五年前のあの爆発のせいで急に大脱線だろ？　家族を失って……あぁ、ごめん。酔ってるのかな、喋り過ぎてる」

「そんなことないですよ」

五年前の爆発で人生が一変したのは、自分だって同じだ。

マコトの両親は熱心なキリスト教徒だった。その影響もあり、マコトは信心深い子供だった。家族は深い愛情を注いでくれ、マコトが幼い頃から興味があった物理学の道に進みたいと言った時も一度たりとも反対せずに応援してくれた。

信仰心と科学への探求心は最終的には一致する。そう信じて、純粋に勉強を続けていたマコトを打ちのめしたのが、あの五年前の事故だった。自分が持っていた全ての価値観が粉砕された、降泡現象による大爆発。

あれからマコトは神を信じることを止めた。無信仰。唯物主義。それまでの自分とはかけ離れた考えを徹底するようになったのは、何もかもをリセットしたかったからなのかもしれない。自分という人生に、一つの区切りをつけたかったから。

マコトは目線を落とす。必然的に視界に入る、ハーフパンツから覗く彼の脚。黒のタイツに覆われたそれにじっと目を凝らすと、右足の輪郭が左足と比べて微かに細いことが分かる。ふくらはぎから足首にかけてのラインはきゅっと細く絞られている。

「シンさんは、もうパルクールはやらないんですか」

「やらないやらない。もう歳《とし》だし。それに、ほら、これだから」

タイツの上から、シンが自分の右足を叩く。コンコン、と鳴り響く金属音。それは生身の肉体からは聞こえるはずのない音だった。

シンは、右足が義足だ。

「それ、タワーに挑んだ時の……ですよね。五年前、あの爆発事故の後に」

言葉を濁してしまったマコトに、シンはカラカラと明るく笑った。気を遣わせまいとする大人な振る舞いだった。

「なんであんな馬鹿な真似をしたのか、自分でも分からない。ただ、どうしても惹きつけられるんだよなー。タワーに、あの泡の先に、行ってみたいって思っちゃう」

「ヒビキも似たような感じです。タワーに行くなって何度も言ってるのに、全然聞いてくれない」

「あはは。そういう意味じゃ、俺とアイツは似てるよ。無茶ばっかりするから誰かが見張ってやらないと。本当、若い奴はすぐに冒険したがる」

左足だけを曲げて半分胡坐《あぐら》をかき、シンは天井を見上げた。汚れもあり、傷もある。新品の頃とは程遠い、しかしながら未だに綺麗《きれい》さを保持した天井だ。

空になったビール缶を置き、マコトはバランスボールから立ち上がった。身体の内側からでも自分の頰がぼんやりと赤くなっている感覚があった。それを誤魔化すように、マコトは手の甲を頰に押し付ける。

「バトルクールをやめさせるべきなんですよ、あんな危ないこと。そもそも、あの子たちをここにいさせてはいけないんですよ。都外で保護すべきです」

「それが正しい意見だってのは分かる。でも、外の世界はアイツらにとって息苦しいのさ。だからこそ、こういう場所を大切にしてやりたいと思うよ。それに、『東京バトルクールは自主性重視』だから」

「……あの子たちが傷付くと分かっていてもですか？」

「危ないことを大人が遠ざけてやれば、目に見える傷は残らない。でも、心の傷は残るよ。やらなかった、できなかったって後悔は、いくつになっても消えない」

頬にかかる茶髪が口に入り、マコトはそれを指先で摘まみ取った。何も塗られていない爪の先端が、肌の柔らかな部分を音もなく引っ掻く。

シンはフッと口元を緩めると、静かに首を横に振った。

「なんて、柄にもないこと言ったね。説教臭かったかな」

「いいえ」

マコトは咄嗟に否定し、それから一度口内の唾を呑み込んだ。白衣のポケットの中で手を握り、今度はハッキリと言う。

「いいえ。私も、あの子たちに後悔はしてほしくないと思ってます」

「じゃあ、ある程度は見守ってやろうよ。ま、本当に危ない時にはぶん殴ってでも止めるつもりだけどな」

冗談めかした口調でそう言って、シンは指で摘まんだビール缶を左右に揺らした。中身がほとんどなくなったせいで、缶からはちゃぷちゃぷと液体が揺れる音がする。

「お代わりする?」

どこか共犯者めいた問いかけに、マコトは「もちろんです」と即答した。

【side　ヒビキ】

「……ったく、どこに行ったんだアイツ」

観測室の扉から出てすぐに、ヒビキはウタの姿を見失った。船橋甲板に行ったのかと思ったが、階段を上がってもウタの姿はない。

別に、わざわざ探してやる義理なんてなかった。ウタがどこに行こうとウタの勝手だし、ヒビキが追いかける必要なんて一つもない。それでもこうして探してしまうのはなぜなんだろう。自分でも自分の気持ちがよく分からない。強いて言うならば、拾ってきた野良犬が目の届かないところにいると落ち着かないとか、そういう気持ちに近いのかもしれない。

手摺りに手をかけ、ヒビキは息を吐いた。熱のこもるヘッドフォンを耳から下ろすと、夜風がそっと耳殻を撫でる。

耳を澄ますと、ざぶんざぶんと水の塊が動く音がする。黒々とした海面と、月光に照らされたムース泡。そのコントラストが綺麗で、ヒビキはじっと目の前の光景を見つめた。虫の鳴き声。潮風。星の瞬き。泡の震え。自然が奏でるハーモニーは、ヒビキにとって心地良い。

トン、と軽やかな着地音がして、ヒビキは閉じていた瞼を開いた。音の出どころは前甲板だった。目を凝らすと、ウタが踊るようなステップで跳ねていた。彼女が身体を動かす度に、その青い髪が楽しげに揺れている。

「ウタ、」

そう呼びかけようとして、ヒビキは途中で息を呑んだ。それは、あまりに美しい光景だった。

踊るウタの指先に、空を漂っていた泡が集まって来る。透き通った、小さな泡だ。それらはまるで意思を持っているかのように、ウタの周りを飛び回っている。ウタが跳ぶと、泡も跳ぶ。ウタが手を伸ばすと、さえずる小鳥のように泡がその指先に乗る。そしてじゃれつくように、泡がウタに頬ずりする。ウタはおかしそうに目を細め、くふくふと楽しそうに笑った。その声に呼応するかのように、泡もまた小さく震えた。

こんなふうに泡を扱っている人間を、ヒビキは今まで見たことがなかった。降り注ぐ月光をスポットライトにして、彼女は泡と戯れる。

手摺りに身体を預け、ヒビキは黙ってその光景を眺めていた。ずっとずっと、眺めていた。

「おおー、やってるやってる」

眩しさに耐え兼ね、隣にいるウサギが目の上に手で庇を作っている。ヒビキは耳に装着したヘッドフォンをずらすと、熱を持つ外気を鼓膜に浴びせた。

練馬の関東マッドロブスターとお台場のアンダーテイカーの試合日は快晴だった。晴天なのは嬉しいが、その分、体感温度が高い。ヒビキは自身のパーカーの裾を摑むと、空気を取り込むようにバサバサと動かした。それを見ていたウタが、真似るように自身の服の裾を摑んでいる。

今日のバトルクールの会場は銀座。どちらのチームにとってもアウェイだ。

試合中、観客たちは進行の妨げにならない場所から観戦することになっている。放置された鉄骨の一角を陣取ったブルーブレイズの面々は、真下で繰り広げられている試合を観察していた。少し離れた廃ビルの屋上では、先日戦った電気ニンジャのメンバーが険しい表情で試合を見守っている。

今日、試合を見ているのは人間だけではない。ひっきりなしに聞こえるプロペラの回転音は、小型ドローンのものだ。上空から撮影でもしているのか、関東マッドロブスターとアンダーテイカーのメンバーの後をドローンが追跡し続けている。

ウタがドローンを指さし、「とり」と声を出すことなく唇だけを動かした。

「あれは鳥じゃない。ドローンだ」

意味が通じなかったのか、ウタが首を傾げる。鉄骨に腰掛けたまま、ヒビキは柱を右手で握り直す。

「ドローンは無人航空機のことで、あそこで飛んでるのはその中でもマルチコプターって呼ばれるヤツ。遠隔操作で動かしてるんだ」

「あれ、アンダーテイカーの所持品だろうな」

ヒビキたちの会話に聞き耳を立てていたのか、イソザキが顎を擦りながら言った。

「アイツら、なんでそんなもん持ってんだ？」

不愉快そうに、カイが眉根を寄せる。その眼下では、今まさにアンダーテイカーの一人が関東マッドロブスターの選手を倒したところだった。

黒と紫を基調とした、揃いのユニフォーム。アンダーテイカーの最大の特徴は、顔を覆う機械の面だ。中央にぽつんとある一つ目が、一段と不気味な印象をこちらに与える。

彼らはそれぞれの顔が見えない。個性も見えない。体格がほとんど同じで、統率の取れた動きは人間離れしていてプレイヤーの区別が難しい。最初からプログラミングされた機械のように、その振る舞いには一分の隙もない。

一方、関東マッドロブスターはパワー重視のチームだ。特にリーダーは大柄な体格で、力比べであればどんな相手でも負けない。

柱を握る手に力を込め、ヒビキは固唾を呑んで試合を見守る。

一人先行する関東マッドロブスターのリーダーが、壁の壊れた廃ビルを駆けている。瓦礫の隙間を力任せに通り抜け、道なき道を彼は行く。その後を追いかける、アンダーテイカーの一人。二人の間にある距離は約百メートル。

にもかかわらず、壁を蹴っただけで、アンダーテイカーの選手は関東マッドロブスターのリーダーへと追いついた。彼が壁を蹴る瞬間、靴底からジェットエンジンのように水が噴き出したのだ。人力ではありえない急加速。二人の間に存在した距離が、一瞬にして縮まる。

襲いかかるアンダーテイカーの身体を、リーダーはひょいとあしらうようにすくい投げた。どんな状況でも物怖じしないところが、関東マッドロブスターの強みだ。地面へと倒れ込んだアンダーテイカーの選手はすぐに立ち上がり、しゃがんで体勢を整えた。

しかし、彼は敵のリーダーを追おうとはしない。

顔に装着したマスクに備え付けられたインカムに、彼は淡々と語りかける。

「R5、ポイントM2に移動」

時計塔の上に、ぽつんと一人分の人影。エリア内で最も見晴らしのいい場所に、アンダーテイカーのリーダーは立っていた。誰も寄り付かないその場所で、彼は腕を大きく伸ばし、優雅に柔軟体操をしている。

「妙なもん使ってるな、なんだありゃ」

試合を見ていたカイが大袈裟《おおげさ》に顔をしかめた。イソザキが眼鏡を軽く押さえる。

「文字通り、ジェットブーツって商品らしい。キャッチコピーは『桁違いの推進力』だってさ」

「あぁ？　なんだそれ」

「スポンサーがついてるって噂だ。ここら辺の情報は電ニンの受け売りだが」

「スポンサーだぁ？　大体、ドローンだっておかしいだろ。何に使われてんだよ」

「さぁ、そこまでは分からないな。情報が足りな過ぎる」

「きなくせぇな。金の臭いがプンプンする。アンダーテイカーの奴ら、俺たちの東京《ばしょ》に他所のもん持ち込みやがって」

カイは舌打ちし、ニットキャップを目深に被った。睨みつける視線の先で、試合はいよいよ終盤に差しかかっていた。

関東マッドロブスターのリーダーがゴール地点に向けて一気に駆ける。その正面に待ち構えるのは、ビルに嵌まったままの窓ガラス。彼はそれを開けようとすらせず、正面からぶち破った。衝撃でガラスが割れ、周囲に透明な欠片《かけら》が散乱する。

そのまま着地すればゴール――そう誰もが気を緩めたであろう瞬間、時計塔にあった影が動いた。

ユニフォームに包まれたしなやかな肉体。それがするりと落下し、宙を舞い、関東マッドロブスターのリーダーの肉体の上に着地する。

細身の体軀が大きな背中を足場にし、そのまま靴底からジェットを噴射する。勢いそのままに黒い影は高く跳びあがり、フラッグの置かれた高台へ辿り着いた。

まるでなんてことないような態度で、アンダーテイカーのリーダーはフラッグへと近付く。その先端を摘まみ上げるようにして持ち上げ、彼は頭上へと掲げてみせた。

「ゲーム・ウォン・バイ――アンダーテイカー！」

シンが高らかに告げた言葉が、試合終了の合図だった。


堆《うずたか》く積まれた戦利品を、アンダーテイカーのメンバーたちが自分たちのモーターボートへと運び込んでいく。海に落下した関東マッドロブスターの面々は誰もがムース泡塗れで、リーダーに至っては電気ニンジャのリーダーに身体を支えられている始末だ。

「まだ負けてねぇぞ、アンダーテイカー！　変なブーツ使いやがって」

憤慨する関東マッドロブスターに、「いや、めちゃめちゃ負けてるでしょ……」と電気ニンジャのリーダーがぼやく。

荷物が積み込まれるのを黙って見守っていたアンダーテイカーのリーダーが、野次に反応したかのようにそちらへと振り返った。機械の面に取り付けられた一つ目のカメラレンズが、情けない格好をした関東マッドロブスターの面々を映す。その手を覆う黒のグローブから女性の声を模した機械音声が流れる。どうやらスピーカーが内蔵されているようだ。

《すみません、聞き取れませんでした。ザリガニさん》

「誰がザリガニだ！　ロブスターだっての」

《間違えました、ヤドカリさん》

「だからロブスター！」

関東マッドロブスターの抗議に耳を貸さず、アンダーテイカーのメンバーたちはモーターボートへ続々と乗り込んでいった。

ヒビキの横でオオサワが心配そうに背を丸める。

「なんだか大変なことになってるね。次の試合、大丈夫かなぁ」

「大丈夫かどうかなんて関係ねぇ。勝てばいいんだよ、勝てば」

吐き捨てるようにそう言って、カイは自身の口元を親指で拭った。

夜の船橋甲板には、他に誰もいなかった。手摺りにもたれ、ヒビキは今日の試合を思い返す。

アンダーテイカーのメンバーからは嫌な音がした。人工的な、耳障りな機械音。耳の奥がツンとして、ざわめきが止まらない。うるさかった。騒がしかった。幼いヒビキであれば、両耳を塞いでそのまま座り込んでいただろう。

だが、今のヒビキは少しだけ大人に近付いた。母親に支えられなくとも、自分の足で立てている。

目を閉じ、ヒビキは海から聞こえる音に耳を傾けた。規則的に繰り返される波音は心地いい。時折岩にぶつかり、ざばんと小さく飛沫が上がった。

――深い深い海の底に、人魚の城があった。

突如として脳裏に浮かんだフレーズに、ヒビキはハッと息を呑んだ。『人魚姫』の冒頭だ。ヒビキがまだ本当に幼かった頃、母親がよく読んでくれた絵本だった。

どうしてそんなものを今さら。そこまで考えて、ヒビキはすぐにその原因に思い当たった。先ほど、ウタが絵本を見せびらかしにやって来たのだ。マコトに読んでもらうらしい。

マコトの部屋には本がたくさんあり、その中には絵本も多く交じっている。最近のウタの日課はそうした本をマコトに読み聞かせてもらうことだった。

まぁ、読み聞かせすることについては勝手にどうぞとしか思えないが、わざわざ船の上で船が沈没する話を読まなくともいいだろ、とも思う。そういえばマコトは『人魚姫』が苦手らしい。「なんで王子を助けた人魚姫が泡になって消えなきゃいけないワケ？　人魚姫が可哀想過ぎるでしょ」と前に酔っ払っていた時に管を巻いていた。

――城には人魚の王と人魚姫たちが住んでいた。一番末の人魚姫は鈴の音のような美しい声を持っていて、海の上にあるという人間の世界に身を焦がすほど憧れていた。

どうして人魚姫は海の上に行きたかったの？　そう尋ねたヒビキに、母はなんと答えたのだったか。海の底にあるお城だって素敵な場所だろうに、人魚姫は未知の世界を追い求める。幼いヒビキには、その考えが不思議だった。

――海の上に出た人魚姫は船に乗っていた王子を見て、すっかり心を奪われてしまった。

息を止め、ヒビキは耳を澄ます。『タワー』から聞こえる歌声のような共鳴音。身を焦がす、というのはこういうことなのかもしれない。理由のない焦燥が、ジリジリとヒビキの胸の内側を焼く。

――人魚姫はまるで熱に浮かされたかのように、王子からいつまでも目を離すことができなかった。

海の向こうに、泡に包まれた真っ赤な『タワー』がそびえ立っている。理由は分からない。ただ、ヒビキはその存在に強く惹かれている。

「ヒビキ」

小さな声が聞こえた。澄んでいて、優しい。鈴の音のような声。

ハッとして振り向くと、すぐ間近にウタが立っていた。「ビックリした」と思わず呟いたヒビキを笑うこともせず、ウタは右手の人差し指の先端を真っ直ぐにこちらに向けている。その左腕は『人魚姫』の絵本を抱きかかえていた。読み聞かせはもう終わったのだろうか。

「なんでわざわざここに？ マコトは？」

問いには答えず、ウタは一歩距離を詰めた。衣擦れの音で、波の音が掻き消される。

「おうじさま」

「は？」

突然の言葉に混乱しているヒビキを他所に、ウタはおずおずと今度は自分自身を指さす。

「にんぎょひめ」

彼女が抱く絵本の表紙には確かに、海の中を揺蕩《たゆた》う人魚姫が描かれている。水に濡《ぬ》れた髪。零れる泡。差し込む光。艶やかな唇……。

その瞬間、ヒビキの脳味噌にウタに助けられた時の記憶がフラッシュバックした。

意識を失いかけていたヒビキの唇に、確かにあの時、柔らかな感触が押し付けられた。

「いや、まさか」

顔が燃えるように熱い。これまで忘れていた記憶が噴き出すように溢れ出し、ヒビキは咄嗟に自分の口を手で押さえた。

「ヒビキ、おうじさま」

こちらの混乱など露知らず、ウタは無邪気に笑っている。睫毛に縁取られた彼女の瞳の中には、狼狽《うろた》えるヒビキの姿が鮮明に映し出されていた。ヒビキはブンブンと激しく首を横に振る。羞恥を振り払いたいがために、気付けば声が大きくなった。

「ってかお前、いつの間に喋れるようになったんだ？」

問いかけに、ウタはにっこりと笑顔になる。

「ウタ、にんぎょひめ！」

会話になってない！

そう心の中で叫ぶヒビキの動揺に気付いているのかいないのか、絵本を抱えたまま「んふふ」とウタは愉快そうに笑った。


ウタが言葉を発するようになり、最初は驚いていたブルーブレイズの面々もすぐにそれを受け入れた。マコトは前よりも熱心にウタに言葉を教えるようになったが、単語以外を話せるようになるにはまだまだ時間がかかりそうだった。

そしてかれこれ数日が経《た》った頃。ブルーブレイズは先日の電気ニンジャとの対戦で得た戦利品をモーターボートで運んでいた。バトルクールの戦利品は、チームだけで独占するには多過ぎる。そのため、渋谷を拠点に暮らす人々に配布しているのだった。

吹き付ける風と飛沫に顔を歪《ゆが》め、ヒビキは自身の前髪を掻き上げた。モーターボートの振動音が尾てい骨を通じて身体に響く。

渋谷にある廃ビルの一角にボートを止め、皆でボートを降りる。ここにマコトの姿がないのは、令洋で仕事中だからだ。彼女が留守番するのはいつものことだ。戦利品を配布する時、彼女は絶対について来ない。多分、それが彼女なりの線引きなのだ。

水に浸かってしまった建物が多い中、この辺りは高台にあったために周囲に比べて損傷がいくらかマシだ。駆け回れるほどの広さのある空間は珍しく、ブルーブレイズのメンバーたちはここに来ると最初にバトルクールの練習を行う。

ウサギが楽しそうに廃車のボンネットを跳び越え、それを見たカイが負けじとそこに回転を加える。イソザキとオオサワは塀に両手をついて跳ぶ『モンキーヴォルト』の練習を行っていた。

ヒビキはというと、熱心にこちらを見てくるウタに根負けし、アクロバットを教える羽目になっている。

「足が揃ったところで脇の下の筋肉を引き上げるんだ」

そう言って、ヒビキは足を踏み込み、そのまま両脚を揃えて側宙の要領で一気に跳ぶ。先端までピンと伸びた両脚は美しい半弧を描き、揃った状態で着地する。アクロバット技の『ダブルレッグ』だ。

「やれるか？」

コクンとウタは頷く。そのまま、躊躇《ためら》いなく彼女は跳んだ。お手本通りの美しいフォームに、ヒビキの口角は勝手に上がる。

「やるじゃん」

褒められて嬉しいのか、ウタは得意げに胸を張る。二人の動向を観察していたウサギが興奮した様子で駆け寄ってきた。

「すげー！　運動神経半端ねぇ」

その後をついて来たカイは面白くなさそうに口をへの字に曲げている。

「まあまあだな」

「とか言って、カイだって本当はスゲーって思ってんだろ？」

「…………」

被っていたニットキャップを強引に外し、カイは前髪をぐしゃぐしゃと搔き混ぜた。そのまま手首に付けたヘアゴムで長髪を雑に束ねると、彼はウタに向かってクイと突き出すようにして顎を動かした。

「お前、やる気あんのか」

自分への問いだと分からなかったのか、ウタはちらりとヒビキを見遣った。装着したヘッドフォンを右手で押さえ、ヒビキは「ウタに聞いてんだよ」と言った。普通に言ったつもりなのに、なぜかウサギがギョッとした目でこちらを見た。

ウタがぴょんとその場で飛び跳ねる。

「ある！」

「じゃ、次の試合はお前を出す。舐《な》めたプレイすんなよ」

それだけ言って、カイは足早にその場を去ってしまった。「ありゃりゃ」とウサギが頬を掻く。

「カイ、素直じゃないけどいいヤツなんだぜ。ヒビキの前だと意地張っちゃうところがあっけどさ！」

「カイ、いいやつ」

意味を分かっているのかいないのか、ウタがウサギの言葉を繰り返す。頭に付けたゴーグルを持ち上げ、ウサギは今度はヒビキの方をじっと見上げた。返事を待っているらしい。

ヒビキは顔を背け、小さく告げた。

「……分かってる、一応」

「おおー」

「なんだよ」

「いや、ヒビキがそんなこと言うなんて。なんというか、ウタが来てからとっつきやすくなったよな」

シシシ、と歯を見せてウサギが笑う。ヒビキがじっと睨みつけると、ウサギはわざとらしく鼻歌を歌って顔を逸らした。

「おーい、お前らそろそろ行くぞー」

練習を終えたイソザキとオオサワがこちらに向かって呼びかける。話が変わって助かったと言わんばかりに、ウサギがその場で伸びをする。

「さてと、俺たちも手伝いに行かないとな！」

「てつだい？」

首を傾げるウタに、ヒビキは歩きながら説明する。

「日用品の運び込みだよ。ここら辺に残って住んでる人に物資を届けるのもブルーブレイズの役目だから」

「そうそう。バトルクールで勝った時の賞品は独り占めせず、みんなに配るんだぜ。俺たちは義賊ってヤツなんだ！」

ウサギは胸を張っているが、そんなに誇らしいものではない。あと、そもそも義賊でもない。

壁泡に包まれた東京が居住禁止区域に指定されても、この地に残る人間というのはいくらかいた。その大半は高齢者だ。勝手に住み着いて好き放題している若者と、その考え方はかなり違う。彼らの場合、愛着のある土地を離れたがらず、たとえ命の危険があってもここで生涯を終えたいと考えている。

ブルーブレイズが彼らに支給品や戦利品を運ぶのは、彼らに少しでも長生きしてほしいからだ。

日常を失う痛みも、誰かを失う痛みも、ここにいる若者たちは知っているから。

モーターボートに積み込んできた荷物を抱え、ヒビキたち六人は廃ビルの奥へと進んだ。この辺りはまるで群生する木々のように、蔦に覆われたビルがあちこちに建っている。至る所が朽ち始めているとはいえ、流行の発信地だった面影は今なお色濃く残っている。

劣化した床は風化によって削れて表面が砂となり、歩く度に乾いた音を立てる。今ヒビキたちが歩いているこの場所は、かつては巨大なショッピングビルだった。駅直通という利便性もあって栄えていたが、五年前の降泡現象のせいで四階から下が全て沈んだ。

テナントが撤退する際に商品や棚を全て回収したため、今ではだだっぴろいだけの空間だ。

日中だというのに、ビル内は薄暗い。窓があるとはいえ、広いフロア全てを日光で照らすことは難しいのだろう。

しばらく歩いていると、ぽつぽつと人工的な光が灯《とも》っているのが見えてくる。赤、白、青、緑。小さな電飾看板があちこちに並び、突然人の気配が強くなる。漂ってくるのは、人間が生活する匂いだ。

「ぽんぽこ……」

緑色の看板の前で、ウタが足を止める。そこに書かれていたのは『ぽんぽこ書店』という文字だった。

『ブティックモモコ』『食堂　吉岡』『ビューティーパーラー』

そうした看板が並ぶこの一帯は、一応、商店街のような役割を果たしている。ベンチや瓦礫、パーティションで区切られたエリアがそれぞれの店というわけだ。といっても、各店に新品の商品が並んでいることはなく、大抵は物々交換で入手した品だ。二十三区内で新品を手に入れることはなかなかに難しい。

「ばあちゃん、来たぜ！」

ウタの傍らを通り、ウサギが店へとズカズカと踏み込む。その後を追ってウタも店に入ったので、ヒビキも仕方なくついていった。イソザキ、オオサワ、カイの三人は別の場所に荷物を運びに行っている。

「あら、ウサギちゃんってば大きくなったわねぇ」

コロコロと笑いながらこちらへ近寄って来たのは、ぽんぽこ書店の店主である鈴木《すずき》だった。見た目も中身もシャキッとした女性だ。年齢は多分、七十歳を超えている。

彼女は柔らかな白髪をさっぱりと短く切り、細身の身体にぴったりとフィットした黒のニットを着ている。その上から着用している緑色のエプロンには黒ずんだウサギのアップリケが付いていた。昔、孫娘が可愛いと褒めてくれたらしい。

「もー、『ちゃん』はやめろって」

頬を膨らますウサギと鈴木のやりとりは、いつものことだ。ブルーブレイズ最年少であるウサギはお年寄りから可愛がられている。

ヒビキは抱えていたケースを下ろすと、カウンターの上に支給品を並べていった。水や食料、電池などの日用品だ。

「いつもありがとね」

礼を言われ、ヒビキは軽く会釈した。真っ直ぐな感謝を受け止めるには、自分の性格は少しばかり捻くれている。

ぽんぽこ書店は『書店』と名前についてはいるが、実際は図書館のような役割を果たしている。ここら辺に住む人たちに本を貸し出しているのだ。ネット環境がない場所では、本や漫画といった電力も電波も必要としない娯楽品は貴重だった。

「ばあちゃん、なんか困ってることはないか？」

「大丈夫よ、こうやって若い子が気にかけてくれるだけで元気になっちゃう」

「そんなこと言って、もう歳なんだから身体に気を付けろよ！　いつ死ぬか分かんねーんだから」

「おい」

思わずヒビキは窘《たしな》めたが、鈴木は気にせず笑っている。

「いつ死ぬか分からないからこそ、自分の好きな場所で好きなように生きるのよ」

「ふーん」とウサギは分かったような分かってないような相槌を打つ。

「ところで、そこにいる子は誰かしら。新しいお友達？」

筋張った指が向けられているのは、看板を凝視しているウタだった。ウサギはせっつくようにウタの腕を引っ張り込む。

「友達じゃなくて、仲間だ！」

「なかま」とウタが目を瞬《しばたた》かせた。どこまで意味が通じているのかは不明だが。

「コイツ、ウタって名前なんだぜ」

「良い名前ね。ウタちゃんは何か読みたい本はある？」

尋ねられ、ウタは首を傾げた。「ほん」と呟き、それから並べられた棚を見る。腰丈の本棚に詰め込まれた本は、大きさもジャンルもバラバラだ。

「絵本がいいんじゃねぇか？　お前、マコトに読んでもらってんだろ？」

ウサギが『桃太郎』の絵本を捲りながら言う。デフォルメ調に描かれた鬼が、桃太郎にやっつけられている。

ウタは真剣な面持ちで本棚とにらめっこしていたが、やがて一冊の本を抜き取った。

『これ一冊で丸わかり！　高校生物』と書かれている。絵本どころか、物語ですらない。

鈴木は目を瞠り、「難しいものを読みたがるんだねぇ」とコロコロと笑った。

「それじゃあ、これはウタちゃんに貸してあげる」

「あげる？」

「あげるじゃなくて、貸してあげる、な。ちゃんと返さなきゃいけないってことだ」

ヒビキの訂正に、ウタはコクコクと頷いた。ぎゅっと参考書を抱き締めるウタの頭を、鈴木の手がそっと撫でた。

「今度うちに来る時に返してくれたらいいからね」

彼女の眦にぎゅっと皺が出来たのを見て、ヒビキは何とも言えない気持ちになった。あの爆発で亡くなった鈴木の孫娘は、ウタと同じくらいの歳だったのかもしれない。

ウタはニコッと白い歯を見せて無邪気に笑う。

「ありがとぉ」

「ウタ、そんなもんホントに読めるのかぁ？」

ウサギが揶揄する口調で言う。「よめる」とウタはちょっと得意げに答えた。

「ウサギちゃんも何か読む？　持って行っていいのよ」

「俺はそういうのいい！　本とか苦手だし。汚してもばあちゃんに悪いし、ここに置いてる方がいいよ。綺麗に保存してる方がいい」

「ウサギちゃんはそう言うけど、本は誰かに読まれて初めて意味があるのよ。貴方《あなた》の中に文章が取り込まれて、蓄積されて、そうやって作家の言葉が貴方という人間を構成する。言葉をたくさん知れば、その分だけ自分を知れる。だから私は本が好きなの。知識が人格を作るのよ」

「ばあちゃんは難しいこと言うよなぁ」

両腕を組み、ウサギはべっと舌を突き出した。ヒビキは棚に押し込まれた本を一瞥する。本は嫌いじゃない。一人で楽しめる娯楽だから。でも、どちらかというとパルクールのように外で身体を動かす方が自分の性に合っている。バトルクールと違って一人でやれるし、走っていると風と一体になったような気分になって心地いい。

「じゃ、俺たちはそろそろ別んところに荷物運びに行くから」

「わざわざ喋りに来てくれてありがとう。じゃあ、またね」

ヒラヒラと手を振る鈴木の顔を見て、ウタが上半身ごと首を傾げる。

「ジャアマタネ？」

説明を求めるようにこちらを見てくるものだから、ヒビキは仕方なく口を開く。

「『じゃあ、またね』って言ったんだ。またねって言うのは、また会おうねって意味」

ウタはぎゅうっと参考書を両腕で抱き締めた。鈴木が微笑む。

「こういう約束の言葉はね、実際に会えるか会えないかが重要なんじゃないんだよ。ただ、また貴方に会いたいと思ってるって気持ちを伝えることが大切だって私は思うの。誰だって、いつ会えなくなるか分からないんだから」

ウサギが黙り、ヒビキは目を伏せる。鈴木の言葉にはそれだけの重みがあった。

ウタは透き通った眼差しでじっと鈴木を見つめていたが、やがてにぱっと明るく笑った。参考書を左腕で抱え直し、右腕を大きく振る。

「じゃあ、またね！」

鈴木は一度大きく目を瞠り、それからゆっくりと微笑んだ。

「うん、またね」

持ってきた全ての品を配り終えるまでに、結局四時間ほどかかった。あの辺りに住む年配の人たちは周囲に若い話し相手が少ないため、どうしても会話が長引く傾向にある。

持って行けと押し付けられた野菜や服をモーターボートの端に追いやり、ヒビキはようやく一息吐く。

ウタはというと、鈴木から参考書を貸してもらったことがよっぽど嬉しかったのか、オオサワやイソザキに先ほどから見せびらかしている。

「ウタはいろんなことに興味があって偉いなぁ」

「本当にな。ウサギも見習ったらどうだ」

「ケッ。俺だって勉強ぐらいできるし」

「おべんきょう！」

天に向かって参考書を突き出していたウタが、くるりと振り向く。訴えるような眼差しに、ヒビキは肩を竦めた。

「マコトにでも読み聞かせしてもらえ」

「前々から思ってたけど、マコトさんな！」

モーターボートを操作していたカイが、わざわざ声を荒らげて口を挟んでくる。

「本人がそう呼べって言ったんだよ」

「だとしても年上は敬うもんだろ」

面倒な奴だな。心情が顔に出ていたのか、ウサギがシシシッと面白がるように笑った。

カイの運転が少し荒くなる。

「ったく、礼儀の分かってねぇヤツばっかりだよ。おら、もうすぐ令洋に着くぞ」

ムース泡を掻き分け、モーターボートは進んでいく。

さんさんと照り付ける日差しが、海面に反射している。砕けたガラスを思わせる光の粒が六人の乗るモーターボートを静かに飾り付けていた。


ビルとビルを伝い跳び、ヒビキは一人、東京の街を跳ね歩く。配給品の配布を終えた後の予定はフリーだった。令洋に帰還してから各々自由な時間を楽しんでいる面々を他所に、ヒビキはそっと令洋を抜け出した。

一人行動は好きだ。自分のために時間を使える。

道なき道を進んだ先、ヒビキが降り立ったのは倒壊した廃ビルの屋上だった。かつてこの街で愛された小さな空中庭園。灰色のコンクリートジャングルに存在する美しいオアシス。

レンガタイルで舗装された地面の周囲は、花壇で覆われている。手入れされることのなくなった低木はますます茂り、風に乗って漂着した野草たちは地面の半分を覆っている。小ぶりな池にはスイレンの葉と花が浮かび、雨が溜まってできた水面にピンク色の花を咲かせていた。

漂着した廃バスは苔むし、伸びる雑草がそのタイヤに絡みついている。黄色のミヤコグサ、白色のハルジオン、緑色のエノコログサ、青色のツユクサ……。どこかからやって来た野草が逞しく生い茂る一方で、設置された花壇にはヒマワリやタチアオイ、ダリアといった花々がきちんと管理された状態で咲き誇っている。

五年の歳月によって育まれたこの鉄製の浮島は、ヒビキの秘密の憩いの場だ。

ヒビキはポケットに手を突っ込み、小さな袋を取り出した。そこには画像と共に『コスモス』と印刷されている。先日の電気ニンジャとの試合で戦利品として獲得したものだった。

花壇の中でも特に日当たりのいい場所を探し、ヒビキは置いていたスコップを取る。固くなった土の表面にスコップを差し込み、掘り起こす。耕して柔らかくなったら、ようやく種植えだ。間隔を開けて四粒ずつ種を埋める。コスモスは土を厚く被せてはいけないと説明書には書いてあった。

種植えを終えたら今度は水やりだ。銀色のブリキのジョウロで池から水をくみ、花壇全体へ満遍なく水をかける。水を浴びたヒマワリは葉の緑を濃くし、誇らしげに胸を張っている。このヒマワリが咲くまでには二か月半ほどかかった。発芽した双葉が成長し、茎を伸ばし、つぼみを作り、開花する。その一連の流れをヒビキは丁寧に見守って来た。

この浮島に存在する植物は二種類に分けられる。ヒビキが管理しているものと、そうでないものだ。

そして目の前のノイバラは、後者に当てはまる。細い枝が伸びて繁茂しているノイバラは漢字で書くと野茨と書く。枝には鋭い棘《とげ》があり、初夏になると白い花を房状につける。蔓性の低木で、ほったらかしにしているとわしゃわしゃと生える。他の雑草と組み合わさると手が付けられないほどの体積になってしまう。

そのノイバラの緑の塊が、風も吹いていないというのにガサガサと揺れた。野良猫か狸《たぬき》が忍び込んだのだろうかと、ヒビキはジョウロを手にしたまま身構える。

「ヒビキ！」

ノイバラの裏側から勢いよく顔を出したのは、頭にいくつも葉を乗せているウタだった。

「お前……どうやってここに」

「ヒビキ、いっしょ」

「黙ってついて来たってことか？」

悪びれもせず、ウタは頷く。帰れと言ってもどうせ聞かないのだろう。文句を言う気力すらなく、ヒビキは一つ溜息を吐いた。そんなヒビキにお構いなしに、ウタはキョロキョロと周囲を見回した。その両目が爛々と輝いている。

「はな、きれい」

「勝手に咲いてるだけだ」

「ヒビキも」

「ん？」

「ヒビキも、きれい」

何言ってんだコイツ。そう思ったのに、無邪気に笑っているウタを見ると発言する気が失《う》せてしまう。

決まり悪くなり、ヒビキは黙ってジョウロを動かした。ウタはその場にしゃがんで、花の一つ一つを観察している。その中でも彼女が特に興味を持ったのは、黄色のマリーゴールドらしかった。ふさふさとした花弁を指でつつき、満足そうに頷いている。

「他の奴らにはここのこと言うなよ」

「なぜ？」

「笑われるに決まってるから」

「なぜ？」

「だから、笑われるからだって。同じこと聞くなよ」

ちゃんと答えたのに、ウタは不服そうな顔をしている。そういうことじゃないと言いたげだ。

ヒビキは長く息を吐きながら、自身の前髪を手でくしゃりと握った。水をやる手を止め、ウタの隣にしゃがみ込む。ヒビキの影に、小柄なウタの身体は簡単に呑み込まれた。

「ここのことは秘密な」

「ひみつ……」

嚙み締めるように、ウタが呟く。その長い睫毛が小さく震えた。

二人の間を、紫色の蝶が飛んでいく。ヒビキはそれを目で追った。紫色を基調とした羽に、白や黄の斑点が浮かんでいる。蝶はヒラヒラと羽根を動かしながら、やがて浮島の一角にあるバスの隅に止まった。自分の美しさを見せびらかすように、大きく羽を開いたままだ。

ウタは立ち上がり、蝶の後を追いかけた。令洋に最初に来た頃とは違い、猫みたいに暴れて捕まえる気はないようだった。ヒビキはジョウロを手に持ったままウタの後に続いた。歩く度に、靴底が砂を巻き込んで乾いた足音を立てた。

「くるま」

「バスだ。どっかから飛ばされたヤツがここに辿り着いたみたいだ。ありえないよな、地上から離れてんのに」

バスの真ん中部分は大きく抉《えぐ》れ、そのまま出入りできるようになっている。中のシートや床は苔に覆われ、窓には蔦が這っている。立ち止まったウタを他所に、ヒビキはジョウロをシートの奥へ置いた。このバスはヒビキにとって物置代わりだ。様々なものを令洋から持ち込んでいる。

「あっ」

シートの上に置かれているものに気付き、ウタが声を上げた。彼女が手に取ったのは渦巻状の小さな貝殻だった。初めて見るのだろう。ウタはまず貝殻を鼻に近付けて匂いを嗅ぎ、ぺろりと舌で舐め、思い切って齧りついた。貝殻の硬さに歯が立たないと気付いたのか、諦めたように口から離す。

右手に薄い手袋を嵌めたまま、ウタは貝殻の渦部分を指先で辿った。ぱかりと開いた口部分を、彼女は自分の耳に押し付ける。その表情が次第に緩み、最後には笑顔になった。

「ヒビキ、うみ！」

「お前にも聞こえるのか、波の音」

「きこえる」

「そっか」

三人掛けのシートに腰掛け、ヒビキは微かに頬を緩めた。ヒビの入った窓ガラスに、ぼんやりと自分の横顔が映り込む。

「前にここに流れ着いてたんだ。海のものが流れ着くのは珍しいから、こうしてとってある」

ウタはこちらへ近寄ると、勢いよくシートに座った。両膝を抱え、彼女はシートの上で体育座りをする。差し込む日差しによって、その横顔が白く照らされた。

風が吹き、草がそよぐ。自然の奏でる優しい音が二人を包み込んでいる。

不思議なもんだな、とヒビキは陽の光を浴びる自身の前髪を軽く摘まんだ。この場所は、ヒビキにとって特別な場所だった。自分しか知らない、一人でいられるお気に入りの場所。

そんな秘密の場所にウタは勝手に乗り込んできた。それなのに、今こうして二人でいることがとても自然なことのように感じている。ウタならいいや。そう思っている自分がいた。こんな気持ちは初めてだった。

ヒビキはヘッドフォンを外すと、自分の傍にそっと置いた。

「ここは音が優しいんだ」

背もたれに身を預け、静かに息を吐く。木漏れ日が落ち、あちこちに光の点が散らばっている。

「俺さ、昔から街は音が多くて怖かった」

ひっきりなしに続く電車の走行音。

がなるような車のクラクション。

信号機から発せられる甲高い機械音。

あちこちから響くスマートフォンの着信音。

密集した人々が生み出すざわめき。

そのどれもが、ずっとヒビキを苦しめた。記憶から遠い場所にある、今でさえ。

「なんでみんな平気なのかなって」

何も気にしていない振りをしたいのに、自然と声が震えた。ウタは両膝を抱えたまま、少し驚いたような顔でこちらを見ている。自身の頰が強張っていたことに気付き、ヒビキは意図的に口元を緩めた。腹の上で組んでいた手を解き、自身の両耳を押さえる。

「しょっちゅうこうなって、母さんを困らせた。人混みの中でもしゃがみ込んで、動けなくなってさ。原因が分からなくて病院も転々とした。それでも良くならなくて、母さんは俺を施設に預けたんだ」

母との別れを受け入れたあの日、扉の向こうへと消えていく母の姿を今でもよく覚えている。ガラス戸越しに見えた彼女の唇が、音のない言葉を漏らす。

『ヒビキ、ごめんね』

心臓を直接引っ掻かれるような、そんな心地がした。胸を掻き毟《むし》って、すぐにでも叫び出したかった。なのに幼いヒビキは泣きも喚《わめ》きもせず、母親が自分から離れていくのを茫然《ぼうぜん》と眺めていた。

寂しかった。悲しかった。腹立たしさすら覚えた。だけどそれと同時に、あの時のヒビキは心のどこかでホッとしていた。自分のせいで母が苦しまないのなら、それが一番いいと思った。

「俺、施設の生活が好きだったよ。仲良しこよしってわけじゃなかったけど、穏やかで」

新しい生活の場となった施設には同じ年頃の子供が多くいた。皆、ヒビキと同じように聴覚のせいで苦しんでいた。

施設で働く大人たちは優しかった。子供だってそうだ。ヒビキは積極的に誰かと関わるタイプじゃなかったが、それでも仲良くしようとしてくれる子が多かった。少しずつ少しずつ、時間をかけて、ヒビキは新しい環境に慣れつつあった。

「五年前のあの日、施設のみんなとタワーにいたんだ」


施設では遠足のような位置づけで月に数回、皆で色々な場所に出掛けることになっていた。動物園の時もあれば、水族館の時もあった。そして五年前のあの日は、偶然にもその目的地が『タワー』だった。

平日だというのに、『タワー』の展望台は観光客で賑わっていた。当時十二歳だったヒビキは施設の皆から離れ、一人で『タワー』からの景色を眺めていた。『タワー』には床がガラス張りになっているスポットがわざわざ用意されていて、ヒビキはその上に無言で立った。足の下に見える赤い鉄骨が、高所であることを体感させる。不安定に見えて、安全が確保された場所。こういうスリルは嫌いじゃない。

ざわめきが起こったのはその時だった。

『あっ、シャボン玉！』

観光客の少女の声に釣られ、ヒビキは窓の外を見た。そこに広がっていたのは幻想的な光景だった。無数の泡たちが、窓の外で揺らめいている。東京の青空に散らばる星屑《ほしくず》のような煌めきたち。それは綺麗だった。美しかった。

その光景を無邪気に楽しんでいたのは子供だけで、異変に気付いた大人たちは当惑した様子で騒ぎ始めた。「何が起こってる」だの「異常気象か」だの、様々な言葉が行き交った。避難するために駆け出す大人たちを無視して、ヒビキはガラスに手を伸ばした。色を持たないガラス窓の表面がビリビリと激しく振動している。震えの原因、それは周囲に響き渡る音だった。

くじらの嘆きのような、天使の合唱のような、宇宙の静寂のような、そんな音。

これだけ大きな音だというのに、周りの誰一人として反応するものはいない。だが、ヒビキにだけはその音がハッキリと聞こえていた。

ヒビキはさらにガラス窓へと顔を近付ける。無数の泡の中に一つ、水色に煌めく小さな泡があった。きっとこの泡が歌っているんだ、とヒビキは思った。子供らしい、荒唐無稽な発想だった。

『この歌は、君?』

知らず知らずのうちにヒビキは笑みを零す。ガラス越しでは触れられないと分かっていても、ヒビキは水色の泡に向かって手を伸ばした。

「……——そして、あの爆発が起きた」

言葉を一度区切り、ヒビキは拳を握り締めた。皮膚に指が食い込み、鋭い痛みが走った。

「たくさん……本当にたくさんの人が死んだ」

気付いた時には、全てが終わった後だった。救助隊に助け出されたヒビキは、『タワー』から少し離れた場所に作られた治療エリアで目が覚めた。全身に走る痛みと慌ただしい周囲の喧騒。そこでようやくヒビキは自分が意識を失っていたことに気が付いた。それくらい、あの爆発は一瞬の出来事だった。

その後、病院に運ばれて容体が落ち着いた頃、展望台にいた人間は自分以外誰一人として生き残らなかったと知った。

内地は居住禁止区域に指定され、職員の大半を失った施設は閉鎖が決まった。ヒビキが病室にいる間に、自分を取り巻く何もかもが勝手に進んだ。

病室が個室だったのは、爆発の生き残りという特殊な立場となったヒビキを守るためだったのかもしれない。医師や看護師以外の人間は病室にほとんど出入りしなかった。誰も来ない病室の扉が開く度に、ヒビキの心はざわついた。

今度こそ、母親が迎えに来てくれるんじゃないかと思った。馬鹿げた妄想だ。頭では分かっているのに、それでも心は勝手に期待した。自分の子供が事故に巻き込まれて死にかけて、それで平気な親なんているはずがない。そう考えてしまう自分自身が憎かった。

時間が経つごとに、どんどんと心が擦り切れていく。

目を閉じて眠ろうとしたら、二度と会えなくなった施設の子供たちの顔が過《よぎ》る。本のページを捲る瞬間。食事前に箸を取る瞬間。窓を開けて風を感じる瞬間。風呂の浴槽に浸かって頭が空っぽになる瞬間。ふとした瞬間に、言葉では言い尽くせない衝動がヒビキの内側から迸《ほとばし》る。急に嗚咽《おえつ》が止まらなくなり、何度も布団を殴りつけた。

「どうして自分だけが生き残ったんだろうって、それればかりを考えた。もっと他に救われるべき人間がいたはずなのに。誰かに愛されて、大切にされて、求められている人間が」

いつの頃からか、ヒビキは期待することを止めた。母親は絶対に迎えに来ないし、施設が復活することもない。期待しなければ裏切られない。現実に打ちのめされることもない。辛くたって平気だ。だって、

——だって、これが自分にとっての『普通』だから。

シンが身元引受人としてヒビキの前に現れたのは、そうしたタイミングだった。

「怖いんだ。俺と関わったせいで、誰かが不幸になるんじゃないかって」

ウタがぎゅっと唇を噛む。レースの手袋に包まれた右手が、ヘッドフォンの表面を撫でた。

「爆発の時のことは、あんまりよく覚えてない。ただ、記憶に残っているのはその時に聴いた——歌」

時折『タワー』から聞こえるメロディー。泡が奏でる不思議な歌。あの爆発の後から、ヒビキの耳には泡の歌声が聞こえるようになった。

パーカーの生地を握り締め、ヒビキは強く息を吐いた。心臓を服越しに押さえても、手の平に熱は伝わらない。

「俺は、音を嫌いになりたいわけじゃない。本当はずっと探してるんだ、あの音を」

「……おと」

ぽつりと紡がれた声に、ヒビキはハッと我に返った。顔を上げると、ウタがじっとこちらを見つめている。その表情は今にも泣き出しそうにも、あるいはいつもと変わらないようにも見えた。

前髪をぐしゃぐしゃと掻き混ぜ、ヒビキは丸まっていた背中を伸ばした。

「初めてだ、こんなふうに誰かに話したの。ごめんな、暗い話で」

ウタはきゅっと唇を噛んだ。見開かれた両目の表面に、うっすらと涙の膜が張っている。彼女の右手が、ヒビキの方へ伸ばされる。薄いレースに包まれた、ほっそりとした五本の指。

その先端がヒビキの腕に触れそうになった瞬間、ウタは我に返ったように右手を引っ込めた。ぎゅっと自身の胸の前で右手を握り締め、ウタはバスのシートから立ち上がった。呆気に取られるヒビキを置いて、ウタはバスから駆けだす。

浅緑に覆われた地面を蹴り、彼女は浮島の端で立ち止まった。咲き誇るヒマワリの黄。ダリアの赤。空を漂う泡の粒が、キラキラと空気を美しく彩っている。

ウタが息を吸う。そして紡がれる、名もない歌。

その歌に、言葉はなかった。ラララだけで構成されたハミングが澄んだ空に響き渡る。歌声は軽やかで、自由で、なのにどこか切ない。

誘うようにウタが泡へと足を踏み出す。こちらを振り返り、彼女は微笑んだ。

立ち止まっていたヒビキは意を決して前に進む。影に覆われたバスを抜け出し、光の中へ突き進む。

どちらからともなく、二人は並んで駆け出した。水辺を走り、崖を越え、泡を踏み、空の上を跳躍する。

手加減なんてしなくていい。がむしゃらに走っても、ウタとならどこまでも一緒に進んでいける。

空の上で、ウタと目が合う。込み上げる笑いを抑えきれず、ヒビキは口角を上げた。ウタもまた、楽しそうに大口を開けて笑う。走る。跳ぶ。踊る。それらの行為が、狂おしいほどに心地よい。

――見つけた。

欠けていたパズルの最後のピースが嵌まったような、そんな感覚。孤独だった自分の唯一の理解者が、ここにいた。言葉にしなくとも分かる。

二人は、響き合っている。

込み上げる笑いをそのままに、ヒビキはウタの方を見た。廃墟を足場にして跳び、二人はその場に着地する。

「ウタ！」

ハイタッチしようと左手を出したヒビキに、ウタは硬直した。嘘みたいにその場の空気が止まった。ウタが一歩後退《あとずさ》りする。その右手が、手袋越しに強く左手を握り締めている。

触れたいのに触れられない、そんなもどかしさを堪えているかのような仕草だった。

「……ウタ？」

怪訝《けげん》に思い、ヒビキは彼女の顔を覗き込もうとした。――その刹那、二人の耳に泡の歌声が届いた。泡と泡が生み出す、巨大な共鳴音。導かれるように、ウタはじっと『タワー』を見つめた。ヒビキもまたその視線を追う。まるで『タワー』が二人を呼んでいるかのようだ。

気付けば、左の手の平にじっとりと汗を搔いている。先ほどまでの爽快感は消え、残ったのは何とも言えない不穏さだった。

「令洋に戻ろう」

呼びかけると、ウタは素直に頷いた。何かが起こる、そんな気がした。

【side マコト】

観測されたデータがモニターに次々と表示される。この辺りの重力波を表示した折れ線グラフと睨めっこしていたマコトは、「あー」と溜息にも呻きにも取れる声を出した。

観測室はマコトの城だ。仕事中は近付くなと言い含めているため、令洋の子供たちが無断で入って来たりすることはない。ウタが令洋に来てすぐの頃は乱入してくることもあったが、最近ではダメだという言い聞かせをきちんと守ってくれている。

　画面から視線を離さないまま、マコトは机の上に置いたナイロンの小袋に手を伸ばした。中に入っているのはドライマンゴーだ。仕事に煮詰まった時は壁泡の外から持ち込んだドライフルーツを食べることにしている。特に、マンゴーは適度に噛み応えがあるのがいい。

　固いドライマンゴーを奥歯で咀嚼しながら、マコトは首を捻った。身を乗り出すと、椅子代わりにしているバランスボールが後ろに下がる。

「やっぱり変なんだよねぇ。ここんとこ重力波がずっと不安定だし」

　ますます前のめりになり、マコトは画面を覗き込む。外からは低い振動音のような気配がした。誰かが機械を弄って余計なことをしているのかもしれない。令洋の設備を弄りたがるのは大抵カイだ。好奇心旺盛なのはいいことだが、やり過ぎないように注意しておかなければ。

　そこまで思考し、自分の集中が欠けていることに気付く。これではいけない、とマコトは画面を操作し、収集したデータに目を通し始めた。

　東京都内の泡の総量は変化していると思うか。

　そう、以前同僚に聞かれたことがある。泡に関する正確なデータを収集するのは難しい。強い衝撃を加えると泡は壊れるが、だからといって全ての泡を破壊すれば泡が消えるというわけでもない。内地では泡が減る。しかし、増えもする。マコトの体感からすると、泡の総量に変化はない。

五年前のあの日、降泡現象が起きて以降、雨のように泡が降ることはなかった。突如として現れたドーム状の壁泡。その理由は何なのか。多くの仮説が登場し、しかし裏付けが取れたものはない。

最も有力なのは異常気象説と宇宙物質説だ。前者は環境の変化によって温暖化のようにこれまでは見られなかった現象が起こったという説で、これを支持する人間は何年かの周期で東京以外の地でも同じ現象が起こるのではないかと懸念している。後者は文字通り、泡が宇宙から飛来した物質だという説で、現代の科学では早期解明は難しいという慎重な立場を表明する者が多い。

他にも、東京にある何かを泡で閉じ込めたかったんじゃないか、だとか、地下に眠る生物を封印しているのではないか、などと根拠のない説を披露する人間もいた。

泡には意思があるのか。これもまた、よく議題に挙げられるテーマだ。仮に泡が宇宙に存在する物質であるならば、我々の科学では認識できていないだけで、実は生命体の可能性もあるのではないか……なんていう意見もある。

実際のところ、マコトには泡に意思があるとは思えない。だが、生命体か否かと聞かれれば完全に否定することはできないだろう。

　例えば、人間の身体は細胞が集まって出来ている。怪我をしたら傷口に血小板が集まり、血管が収縮し、血が止まる。その後、マクロファージが傷口部分の壊れた組織を取り込み、線維芽細胞が分泌する肉芽組織によって傷の修復が始まる。

　それでは怪我をした際に細胞の一つ一つが身体を治すという意思を持って動いているかと言われたら、答えはＮＯだ。細胞はあらかじめプログラミングされた動きをなぞっているに過ぎない。もしも細胞一つ一つに意思があるならば、人間の身体には三十七兆個の意思が存在していることになる。そんなの、想像するだけでゾッとする。

　もしかすると、東京に現れた泡も細胞に近い存在なのではないか。生命体とかそうした次元ではなく、宇宙に組み込まれた一つの単なる働き。

　カチャ、とキーボードを叩く手が止まった。思考に熱が入っていたことに気付き、マコトは眉間の皺をぐりぐりと指で揉《も》みほぐす。

「本当、一体いつからなのよ。重力波がおかしくなってんのは」

　画面を動かし、過去から現在に向かってデータを確認する。一定の振幅を保っていた折れ線グラフが、突如として波打ち始める。重力波の変動が徐々に起こっていることは認識していたが、改めて確認するとそこには明確な境界線があった。

　ずり落ちそうになる眼鏡を掛けなおし、マコトは画面を凝視する。

「これ……ウタがここに来た日？」

その時、ガタガタと扉を開ける音がした。仕事中は近寄るなと言い含めているはずなのに。マコトはバランスボールに乗ったまま、首だけで振り返った。

「誰？　急に入って来ないでって――」

言ってるでしょ、という言葉は途中で途切れた。視界に広がる不気味な一つ目。人間味を感じさせない機械の面。アンダーテイカー、と咄嗟にチーム名が脳裏を過る。

いつの間に侵入していたのだろうか。いや、そもそもなぜここに？　思考が追い付かないマコトに向かい、相手はグローブに包まれた手の平を見せつけた。

内蔵されたスピーカーから、女性の声を模した機械音声が流れる。

《おはようございます。楽しいゲームの時間です》

03. cosmos

【side　ヒビキ】

「マコトが拉致られた？」

緊迫を孕《はら》んだヒビキの声が、荷物の散乱した観測室に響き渡る。ドライマンゴーの入っていた小袋は床へ落ち、バランスボールは壁まで転がっていた。

まだ日の昇っていない早朝の観測室には、ブルーブレイズのメンバーが集結していた。叩き起こされたせいで眠いのか、ウサギは先ほどから何度も目を擦っている。

「これが落ちてたんだ」

イソザキが手渡してきたのは小さなカードだった。『UNDER TAKER』のロゴと、一つ目に悪魔の羽が付いたシンボルマークが描かれている。それを裏返すと、動画サイトのURLと共に『チャンネル登録お願いします』という文言が書き添えられていた。

「なんだこれ」

眉をひそめたヒビキに、イソザキが深々と溜息を吐く。

「あいつらバトルクールを勝手に外に配信してるみたいだな。東京デスゲーム、とか名前つけて」

「意味が分からない。何のために？」

「御託はいいから、早く動画を再生しろよ！」

話を遮ったウサギに、イソザキは「それもそうだな」とマウスを操作した。ヒビキは両腕を組んだまま黙り込んでいるカイを一瞥した。平静を装っているが、そのこめかみには青筋が立っている。

ＵＲＬを打ち込むなんてまどろっこしいことはせず、イソザキは検索欄に『UNDERTAKER』と入力した。チャンネルはすぐに見つかった。


【祝！再生回数１００万回超え】はじめての誘拐【危険地帯】

チャンネルページを開くと、いかにも頭の悪そうな動画タイトルが真っ先に目に入る。投稿された日付は今日を示しているのに、再生数は二百五十万回に届こうとしていた。更新する度に数字が大きくなっていく。どうやら注目の動画らしい。

イソザキが再生ボタンをクリックする。

『ちょっと、何すんのよアンタたち！』

映し出されたのは、夜の東京湾だ。ポッド型の潜水艇と共にアンダーテイカーの二人に両手両足を摑まれたマコトが映し出されている。

『離せー！』

ジタバタと暴れるマコトを無視し、アンダーテイカーは乗り込み口にマコトの身体をぽいと放り込んだ。尻もちを着いたような体勢のまま、マコトの身体が乗り込み口に消えていく。

「アンダーテイカーぁぁぁ」

それまで感情を押さえ込んでいたカイが、プルプルと怒りに震え始めた。まるで地の果てから響くような声で、カイは吠える。

「アイツら、マコトさんに馴れ馴れしく触りやがって」

「そこぉ？」

ウサギが思わずツッコミを入れた。イソザキは眉間に寄った皺をぐりぐりと指で押さえつけている。

「これまでのアンダーテイカーの謎も今回の件で解けたな。アイツらの行動目的は金儲けなんだ。あのドローンは動画配信用に用意したもので、あの凄いブーツも壁泡の外にいるスポンサーが用意したもの。顔につけてる機械を揃えられたのだってお金の力だよ」

「壁泡の中じゃネット環境なんて整ってないから、配信されてるって気付くのが遅れたのか。スマホの電波もないし、動画サイトを見ようと思ったらマコトみたいに外部から持ち込んで環境設定するしかないし。はあー、再生回数目当てで誘拐なんて世も末だよ」

オオサワがしょんぼりと肩を落とす。ヒビキはカードを握り締めたまま、アップされている他の動画のサムネイルを見た。『東京デスゲーム』と華々しい文字が躍っている動画は、どれも再生数が高い。その中にはブルーブレイズや電気ニンジャ、関東マッドロブスターについて勝手に紹介しているものもあった。サムネイルにはまるで悪役のような扱いで関東マッドロブスターのリーダーの顔写真が表示されている。

「勝手に金儲けとかおかしいだろ！」

口を尖らせるウサギに、「そもそもプライバシーの侵害だな」とイソザキが肩を竦める。

「アイツら、まじでぜってぇにボコす！　好き勝手しやがって」

拳を握り締めるカイから視線を外し、ヒビキは小さく唇を噛んだ。

「……ダサッ」

口にだすつもりはなかったのに、勝手に声が漏れた。

バトルクールはそもそれぞれの名誉を賭けて行う縄張り争いだった。衝動の行き場を失った若者が集まり、競い合い、高め合い、感情を発散させる。それがやがてルール化され、戦利品という分かりやすい賞品が生まれた。勝った負けたを繰り返し、若者たちは自分が生きていることを実感する。

バトルクールは、自分たちのために行うものだ。尊厳と生の実感のために。

それを壁泡の外の人間に娯楽として消費されるだなんて、想像するだけで不愉快だった。部外者である彼らはきっと、モニター越しに若者たちが鎬《しのぎ》を削っているところを見て喜んでいる。安全地帯から見た壁泡の内側は、非現実的で刺激的なとびっきりのエンターテインメントだ。

「俺たちは見世物になるためにバトルクールをやってるんじゃないのに。アンダーテイカーのやり方はなんかムカつくっていうか」

言葉にすればするほど、自分の気持ちが逃げていく。持て余した感情が胸の内側で燻《くすぶ》っていて気持ち悪い。

「…………」

それまでじっとヒビキの横顔を眺めていたウタが、突如としてヒビキの手からカードをひったくる。そのまま、彼女はカードをずたずたに破り始めた。

「おい」

咄嗟に制止の声を上げたヒビキを無視し、ウタは紙くずと化したカードの残骸を口の中へ押し込んだ。あまりの行動に、皆が唖然とする。

頬を膨らませたウタは、そのままゴクンと口内の紙くずを呑み込んだ。険しい面持ちのまま、彼女がぐるぐると右腕を回す。いかにも戦闘態勢といった様子だ。

「ヒビキ」

名を呼ばれ、ヒビキはウタを真っ直ぐに見た。その眼差しの奥ではチカチカと苛烈な感情が燃えていた。

彼女の唇が、力強く動く。

「ボコす！」

あぁ、ウタは怒っているんだ。余計な言葉を並べず、ただ純粋に腹立たしさを表現している。

マコトを誘拐されたことへの怒り。バトルクールを踏みにじられることへの嫌悪感。複雑に絡まり合って上手く飲み下せなかった感情が、ウタのおかげで明確になる。ウタと同じように、ヒビキだって怒っている。

目と目を合わせ、ヒビキはウタに向かって頷いた。

「行くぞ」

その言葉に、周りにいたブルーブレイズのメンバーたちは「おう」だの「やってやるぜ」だのと思い思いの反応を示した。

ヒビキの隣に立っていたカイがぐしゃぐしゃと自身の髪を掻き混ぜる。彼は深々と息を吐き出した後、意を決したように顔を上げた。景気づけるかのように、カイは自身の太腿をハーフパンツ越しにパシンと叩く。

「オッシャ、ウタの初陣だ！」

【side 電気ニンジャ&関東マッドロブスター】

アンダーテイカーとの試合会場は、日本橋箱崎町だった。アンダーテイカーのホームはお台場、ブルーブレイズのホームは渋谷であるため、この街はどちらにとってもアウェイと言える。

ビルの屋上、首都高の高架下、水上に浮かぶモーターボート。そこにいる観客の数は普段よりもずっと多い。バトルクールの試合前に皆が興奮しているのはいつものことだが、今日は一段と熱気がある。その理由は単純だ。

「あそこ、人がいるよな」

電気ニンジャの一人が高所用の巨大タワークレーンを指さす。赤色に塗装されたクレーンの高さは約三十メートル。支柱であるマストからさらに伸びる腕《ジブ》の先端にはフックが取り付けられており、そこから伸びるワイヤーによって鉄製のパーツが固定されている。吊り下げられたパーツの見た目を簡単に説明するならば、隙間だらけの手摺りがついた細長い鉄骨だ。本来の使用法は吊り足場なのだろうが、今では中に収めたもののショーケース代わりにされている。

鉄骨の上にうず高く積まれたコンテナが本日の戦利品だった。カラフルな三角旗をずらりと取り付けたガーランドには、これ見よがしに『PRIZE』と書かれている。そしてそのコンテナに必死にしがみつく小さな人影があった。——マコトだ。

地上三十メートルの高さにあるというのに、彼女の身体には命綱すらつけられていない。もしも双眼鏡があれば恐怖と怒りに震えるマコトの様子が見て取れただろうが、残念ながら彼女の悲鳴は地上には一切届かなかった。コンテナの真下にある屋上からであれば、その悲鳴も聞こえるのかもしれない。まぁ、結局コンテナの上から屋上までは三メートルほどの高さがあるため、降りるのは難しいのだが。

廃ビルの一角。観戦する電気ニンジャのリーダーの隣で、関東マッドロブスターのリーダーが溜息混じりに言った。

「アレも賭け内容の一部だそうだ。アンダーテイカーの要求はＢＢの奴らの船らしい」

「令洋を？　どうりで盛り上がってるワケだ、今までと賭けの次元が違う」

「アンダーテイカーの奴ら、とうとう一線超えたな」

「まぁ、アンダーテイカーが悪だくみしてたのは薄々気付いてたけど。それにしてもBBは本気なのか？　負けたらどうすんだよ」
「そこまで考えてないんだろ。アンダーテイカーの挑発に乗ったのが吉と出るか凶と出るか、だな。ＢＢに勝ってほしいが」
「この間、アンダーテイカーに負けたことまだ根に持ってんのか？」
「そんなんじゃねぇ。ただ、ああいうやり方をバトルクールに持ち込まれるのが胸糞悪《むなくそわる》いだけだ」
　関東マッドロブスターのリーダーがスタート地点のビルを見上げる。空を羽ばたく鳥たちが、雲一つない青空に小さな影を落としていった。

【side　ヒビキ】

　シンボルマークである一つ目の描かれたドローンが我が物顔で空を跳び回っている。

そのすぐ傍のビルの屋上で、ブルーブレイズのメンバーは険しい面持ちでゴール地点を見上げていた。

「アンダーテイカーの奴ら……マコトさんを戦利品扱いしてんじゃねーよ」

怒りをおし殺そうとしたカイの声は震えていた。ウサギはゴーグルを嵌め、イソザキは眼鏡を掛けなおす。

オオサワは軽くしゃがむと、ウタの頭にキャップを被せた。今日の試合にはウタが出場するため、代わりにオオサワは欠場だ。パーカーの上からライフジャケットを身につけたウタは、きゅっとレースの手袋に包まれた右手を握り締めた。

「気を付けてね、怪我をしないように」

語りかけるオオサワに、ウタが力強く頷く。

耳につけたヘッドフォンを押さえ、ヒビキは今日の試合会場を眺めた。日本橋エリアの最大の特徴は、十両にも及ぶ長い電車だ。異常な重力場のせいで浮き上がった車体が、タワークレーンのマストの周囲をヘビのように取り巻いている。

ゴールであるフラッグはタワークレーンの腕《ジブ》の先端に取り付けられており、そこに到達するためにはかなりの高所まで登らなければならない。

この会場のメインルートは一つ。ビル群を抜け、高速道路を通り、電車の上を渡り、最後にタワークレーンを登る。正面からのぶつかり合いになるため、実力通りの結果になりやすい。

「マコトと令洋が人質に取られてる以上、絶対に勝つしかない」

ヒビキの言葉に、ウサギが強く同意する。

「ホンットだよ！　大体、やり口が汚過ぎね？　勝手にマコトを拉致ってさ、そんで返してほしければ令洋を賭けろーって。意味わかんねー！」

「腹は立つが、マコトを人質に取られてる以上、試合を放棄するわけにはいかない」

冷静なイソザキの言葉に、「ケッ」とカイが吐き捨てる。カイはニットキャップを深くずり下げると、その眼光を鋭くした。

「そもそも負けなきゃ問題ねえ。いいか？　バトルは極力回避、スピード重視で短期決戦を目指す。イソザキとウサギは牽制《けんせい》、俺がフラッグを狙う。ヒビキとウタ……二人は敵を引っ掻きまわしてくれ」

視線を向けられ、ヒビキは頷いた。頬に手を添え、イソザキが口を開く。

「アンダーテイカーが策を仕掛けてくる可能性は高い。あのジェットブーツといいドローンといい、向こうの装備はこちらとは段違いだ。油断しない方がいい」

「分かってる。アンダーテイカーは死ぬほどムカつくが、真っ向から取っ組み合うのは避けろ。相手を直接ぶちのめすんじゃなく、勝つことだけを考えろ」

今、この場で最も腸《はらわた》が煮えくり返っているのはカイだろうに、怒りに我を忘れず冷静な判断をとることができる。こういうところはリーダーとしての適性があるな、とヒビキは思う。絶対に口に出して伝えることはないが。

「ブルーブレイズ、アンダーテイカー。用意は出来てるか」

響き渡った声の方向へ、ブルーブレイズのメンバーたちは一斉に振り返る。そこに立っていたのはシンだった。

普段はゴール地点で待機している審判役の彼が、スタート地点にまで足を運ぶのは珍しい。和柄のシャツの袖を捲り、シンはスターターピストルの先を自身の右手に押し付けている。ピストルといっても電子式で、後方のスピーカーボックスから音を鳴らすシステムなのだが。

「シンさん……」

歩み寄りそうになったカイが、ぐっと堪えるようにその場で踏ん張る。二チームを見遣るシンの表情から意図的に感情が削ぎ落とされていることに気が付いたからだろう。シンだって、今回のアンダーテイカーのやり方には色々と思うところがあるはずだ。それでも口出ししないのは、それをするとバトルクールの理念に反してしまうからだ。

東京バトルクールは自主性重視。

バトルクールは仕事ではなく遊びだ。大人の思惑や余計な考えを排除して、ただ純粋に東京に残る若者たちが誇りを賭けて戦う場。ブルーブレイズがアンダーテイカーの持ちかけた賭けに乗った以上、シンが口出しできることはない。

「スタンバイすっぞ」

カイの言葉に、皆が歩き出す。ヒビキは隣にいるウタの顔を覗き込んだ。

「いけるか？」

「いける」

腕をぶんぶんとふり回し、ウタは鼻息荒く頷いた。

鉄塔に屯《たむろ》していたアンダーテイカーの五人がスタート地点に向かって歩いて来る。揃いの面、紫と黒を基調とした揃いのユニフォーム。さらに、リーダーを除いた四人は似たような背格好をしている。これでは誰が誰だか区別ができない。聞くところによると、彼らはそれぞれを数字で区別しているらしい。リーダーがナンバー1、それ以外が2～5だ。

横一列に並んだブルーブレイズのすぐ前で、アンダーテイカーが足を止める。今日、この瞬間、二つのチームは初めて正面から対峙《たいじ》した。

アンダーテイカーのメンバーのうちの一人が手元のコントローラーを操作すると、二チームの間にドローンが降りて来る。四枚のプロペラを回転させるドローンのカメラレンズが音もなくこちらの姿を捉えた。

装着されたモニターに表示される緑色のアイコンは、配信中のサインだ。アンダーテイカーはこれまでも壁泡の外にバトルクールの試合を生配信している。

明らかな挑発行為に、その場の空気がピリッと異様な熱を帯びた。

「てめぇ!」

いきりたつウサギを手で制止し、カイは冷静にカメラを睨んだ。

「撮るならいくらでも撮れ。どうせお前たちの惨めな姿だらけになるけどな」

アンダーテイカーのリーダーは意にも介さぬ様子で、グローブに包まれた両手を上へと向けた。その左手に装着されたスピーカーから機械音声が流れる。

《再生数上昇の今月は金運がアップするでしょう》

「なーにが再生数だよ」とウサギがぼやく。カイは無視し、スタート位置に陣取った。

隙間だらけの手摺りの前で、アンダーテイカーのリーダーとカイが横並びになる。ヒビキたちも軽く膝を曲げ、スタートの体勢を取った。

「ブルーブレイズVS.アンダーテイカー」

晴れた空に、シンの声が響き渡る。彼はピストルを上空に向かって構えた。

「レディ、セット、ゴー!」

【side ブルーブレイズ】

けたたましく鳴ったピストル音と共に、両チームが出走する。

手摺りを跨ぎ、壁伝いに組まれた配管を足場に、それぞれのチームが屋上から降りていく。その間にシンはゴール地点に向かって移動を始めた。バトルクールの会場は広いため、試合の展開に合わせて観客が移動するのはよくあることだった。関東マッドロブスターと電気ニンジャのリーダーたちは水上からモーターボートで試合を見守っている。

開始して早々、アンダーテイカーの選手たちはジェットブーツを駆使して移動を始めた。靴底から勢いよく噴射された水があちこちを濡らしている。

「ずっりぃ！」

走りながら、ウサギが叫ぶ。

「あんなのチートじゃん」

ウサギの言葉通り、ジェットブーツによってアンダーテイカーのジャンプ力は極度に底上げされている。建物と建物を軽々と跳び移るような真似は、ブルーブレイズには不可能だ。先行するアンダーテイカー、その後を追うブルーブレイズという構成でバトルは進む。

《それぞれポイントα《アルファ》からΔ《デルタ》でライン形成》

「ラジャー」

インカムを使って通信しながら、アンダーテイカーたちは一糸乱れぬ動きでフォーメーションを展開している。そのうちの一人が、ショッピングモールの内部に入った。自走式立体駐車場だ。

「俺が追う！」

イソザキが振り返って叫んだ。陸上経験者であるイソザキは、平らな地面を走るとなるとチーム内で最も速い。ひしゃげたシャッターの隙間に消えたアンダーテイカーの選手を、イソザキは迷いなく追いかけた。牽制役を任されたウサギがその後に続く。

【side　イソザキ】

立体駐車場の内部は怖いほどに静まり返っていた。立てる足音が一段と響き、相手に居場所が伝わってしまう。

「……敵の足音が聞こえなくなったな」

周囲を見回しながらも走り続けるイソザキに、ウサギが「ひぃ」と弱音を吐いた。

「いそっち、足はえー」

「なんだその呼び方」

「ノリだよノリ。ってか、まじで速い。オリンピック目指してただけあるよなぁ」

「俺の専門は短距離だから、長距離とはまた別だけどな」

「俺、中学行ってたら絶対陸上部には入ってない」

「じゃあ何部だったらいいんだ？」

「バトルクール部」

「それは俺も心惹かれる」

「な！」

　二人がさらに進むと、建物の一部が崩壊していた。壁がぶちぬかれており、砕けたコンクリートの柱からは鉄心が剝き出しになっている。立体駐車場のすぐ隣にはコンクリートの細長い出っ張りが続いている。少々心許《こころもと》ないが、隣のビルに跳び移るにはあそこを進むしかない。

　口を噤み、イソザキは耳から入る情報に集中する。ウサギの呼吸音の他に、物音はない。だとするなら、一気に駆け抜けるべきか。

　姿勢を落とし、イソザキは一気に加速した。立体駐車場の外にある出っ張りを目指して跳ぼうと前方に意識を集中したその刹那、右側から激しく吹き飛ばされた。蹴られたのだと頭で理解したのはアンダーテイカーの姿をすぐ近くに促えたからだった。

　衝撃を殺し切れず、イソザキの身体はそのまま立体駐車場から転がり落ちた。すぐ近くには海がある。落ちるわけにはいかない。イソザキは必死に腕を伸ばし、落下方向をなんとか変える。

「いそっち！」

ウサギが叫ぶ。転がるイソザキの身体を追いかけて並走していたウサギだったが、死角である後ろから思い切り蹴飛ばされた。

「おわっ！」

建物の壁に何度もぶつかりながら、その身体が落ちていく。幸か不幸か、落下ポイント付近には足場があった。途中までは浸水しているが、それでも海に突き落とされるよりはよっぽどいい。バトルクールの失格条件は落水すること一点のみ、立て直せばまた戦える。

イソザキは両手両足を使って着地すると、すぐさま体勢を整えて両腕を広げた。落ちて来るウサギを身体ごと受け止め、なんとか海に落ちることを免れる。

「ギリギリセーフだな」

見上げると、先ほどまでいた場所からはかなりの距離があった。回り込むルートか、建物の壁を垂直に登った方が速いか。立体駐車場は壁面に足場が多いから、壁伝いに進んだ方が時間は速い。しかしその周囲には亀裂の入ったビルや崩壊しかかっている建物も多い。リスクを考えると、再び高速道路に戻ったほうがいいかもしれない。

思考を巡らせるイソザキの腕を突如としてウサギが引っ張った。

「危ない！」

　こちらの腕を引いたまま駆け出すウサギに、イソザキは訳のわからぬまま身体を動かす。その直後、けたたましい崩壊音が響きわたった。先ほどまでイソザキたちがいた場所近くのビルが見るも無残に崩れていく。

　巻き起こる粉塵、飛び散る瓦礫。倒れた建物の一部が足場に雪崩込む。勝負より命が優先だ、と二人は海へと飛び込んだ。水飛沫が上がった後、海面の上は浅黒い空気に包まれた。

「ぷはーっ！　死ぬかと思った」

　崩壊の音が止んだのを見計らってから、ウサギが海面から顔を出した。イソザキは犬掻きしながら濡れたレンズ越しにウサギを見る。

「助かったよ。まさかこんなことになるとは」

「アンダーテイカーの奴らがジェットブーツで柱を壊したんだ。アイツら、マジで容赦ねぇよ」

　明らかに先行していたというのに、それでもアンダーテイカーの選手たちはイソザキとウサギを潰しに来た。わざわざ物音を立てずに隠れて機をうかがい、さらには落下させた後にビルまで破壊する。その徹底っぷりには、敵を潰すことへの強い執念を感じる。

恐らく、アンダーテイカーが求めているのは単なる勝利ではないのだ。相手にとってリスキーな賭け。ジェットブーツでの移動やビルの倒壊による、ド派手な視覚的演出。装備品のアドバンテージによる圧倒的なバトル。アンダーテイカーが強ければ強いほど、ネットの先にいる視聴者たちは熱狂する。

壁泡の外にいる人間にとって、これはエンターテインメントショーなのだ。

「衝撃を与えたら壊れる建物を最初から選んでたのかもな。あそこで奴らが隠れてたことに気付かなかったことが……いや、そもそも最初に俺が追ったのが悪い。判断ミスだ、ウサギまで巻き込んで」

「いそっちのせいじゃないぜ。謝るくらいなら命を救ったことを褒めてくれよ、勇敢だったぞって」

無謀と勇敢をはき違えるな。かつて自分がウサギにかけた言葉を思い出し、イソザキは眦を微かに緩めた。

「あぁ。カッコよかったぞ」

「へへっ」

額に張り付いた前髪を掻き分け、ウサギは歯を見せて笑った。その口角が、次第に下がる。虚勢は萎み、その口から弱音が零れた。

「……BB、勝てるかな」

「アイツらを信じるしかない」

「うん」

手を動かす度に、ちゃぷちゃぷと水の音がする。「それにしても」とイソザキは顔だけを左右に動かした。

「建物が崩れたせいで足場がなくなったな。どっから上がろうか」

途方に暮れた二人の元へ、モーター音が近付いて来る。ドドドドド、と水を伝わって響く低音に、イソザキはパッと顔を上げた。幾重にも浮かびあがる波紋が泳ぐ二人の身体に纏わりつく。

「おーい！　お前ら無事かー？」

モーターボートから手を振っているのは、関東マッドロブスターと電気ニンジャのリーダーたちだった。助けに来てくれたらしい。

「ほら、上がれ上がれ」

伸ばされた腕にしがみつき、そのまま身体を引っ張り上げてもらう。水浴びした後の犬みたいに、ウサギはぶるぶると濡れた身体を震わせた。

「試合はいまどうなってる？」

イソザキの問いに、電気ニンジャのリーダーは高所に設置されたスピーカーを指さした。鉄塔に無理やり括りつけられたメガホン型スピーカーからシンの凜々《りり》しい声が響く。

「ＢＢフォール！　残り三名」

【side　ヒビキ】

「嘘だろ。もう二人もやられたのかよ」

スピーカーから聞こえた声に、ヒビキの近くにいたカイが茫然と呟く。アンダーテイカーのメンバーがフォールしたというアナウンスはない。生存者は三対五、ウサギたちの方に行った敵の一人が合流していないことを考えると、この場にいるのは三対四だ。そいつが戻って来るまでに少し時間がかかるとしても、人数的に不利であることは間違いない。

「止まってる暇ないぞ」

ヒビキの言葉に、カイが「分かってる」と乱暴に言い返した。ビルからビルへ跳び移りながら、ヒビキ、ウタ、カイの三人はゴールに向かって駆けている。

インターチェンジを示す看板。舗装にひびの入った道路。ひしゃげた鉄柱。倒れた電信柱。視界に入る情報を使えるものと使えないものとにヒビキは瞬時に振り分けていく。どのルートが使えて、どのルートが使えないか。野良泡をどこまで考慮に入れるか。敵が攻めてくるならいつか。

ヒビキが上空を見上げると、ドローンがこちらをじっと見下ろしていた。

【side アンダーテイカー】

先行する三人から付かず離れずの位置を保ち、アンダーテイカーの四人はすぐ横のルートを使って並走している。

アンダーテイカーは試合中、余計な言葉を交わさない。機械製の面に内蔵されたインカムを使い、必要な情報だけを共有し合う。

静観していたリーダーが、ちらりとメンバーたちの方を見た。付近にあるのは箱崎ジャンクションに向かう高速道路が走っている高架橋だ。重力場によって流れ着いたトラックや脱出の際に放置されたままの自家用車が、あちこちに停まっている。防音壁で囲まれた道路は片側二車線で、反対側の車線は崩壊して道路の体をなしていない。そしてその周囲はすっかり浸水している。

高架橋の行き着く先は、海だ。

《今です。ポイントΣ《シグマ》に誘導してください》

「ラジャー」

リーダーの一声をきっかけに、アンダーテイカーのメンバーたちが動き出す。

【side　ヒビキ】

足を止めるワケにもいかず、ヒビキ、ウタ、カイの三人は警戒しながらも進み続ける。ジェットブーツから放たれる水飛沫が、選手が動く度に辺りに飛び散る。前方を走るのが一名。そして、追いかけて来るのが三名。

カイの後を追いかけながら、ヒビキは後ろを走るウタを振り返った。目と目が合い、彼女はきゅっと唇を引き結んだ。

「行くぞ！」

カイのかけ声に合わせ、ヒビキはビルの屋上から高架橋に向かって跳ぶ。両手で防音壁にしがみ付き、そのまま腕力で身体を引き上げる。壁を乗り越えた先、放置されたトラックを踏みつけ、ヒビキたちは道路へと降り立つ。ウタは器用に中央分離帯に設置されたブロックの上を走っていた。

日に焼けたアスファルトの匂いが、ヒビキの鼻腔を刺激する。中央に引かれた白色の破線。その傍らに書かれた二つの矢印のうち、一つは真っ直ぐに伸びており、もう一つは左に折れ曲がっている。立ち並ぶ街灯には明かりが灯っておらず、ただのポールとしての役割しか果たしていない。

前方に一人、後方に三人。敵チームの居場所を計算しながら、ヒビキは次にどうすべきかを思考する。防音壁が仕切りになっているのか、高速道路内には野良泡は存在しなかった。敵チームと違ってこちらはジェットブーツを使っていない。泡がない以上、高い跳躍は難しい。ルートを変えるには車などを足場にするしかないが、前と後ろに敵がいるためモタモタしている余裕はない。後方の敵は三人。三対三にもつれ込ませたとしても、先行する一人がこちらを出し抜いてゴールしてしまう。

だとするなら、選択肢は一つしかない。

「前のヤツ、倒すぞ」

ぼそりと呟かれたカイの言葉に、ヒビキは僅かに目を瞠った。まるで自分の脳味噌を覗き込まれたみたいに、思考がピッタリ重なっていた。

「あぁ」

頷き、ヒビキは耳につけていたヘッドフォンを首に下ろす。途端、膨大な音の濁流がヒビキへと襲いかかった。コンクリート製の橋の下で渦を巻く海の音。防音壁の間を吹き抜ける風がゴウゴウと低く唸り、ジェットブーツの作動音がひっきりなしに響いている。鳥の群れが羽ばたく音。スピーカーから漂う、音にも満たない通信の気配。それらが鼓膜を震わせ、脳を揺らし、ヒビキの聴覚を過剰に刺激する。

ふっと息を吸い込み、ヒビキは意識的に気を紛らわせる。確かに騒がしいが、あの頃に比べたらずっとマシだ。ここには車が走っていない。人間の数だって少ないし、電子機器が氾濫しているわけでもない。苦手なインダストリアルノイズはほとんどない。だから、大丈夫。よく聞こえる。

拳を強く握り、ヒビキは一気に前へと踏み込む。息を合わせたように、カイが同時に前を走る敵へと跳びかかった。が、その両腕は空を摑む。ジェットブーツの威力を上げ、敵が高く跳び上がって逃げたからだ。

「やられた！」

カイの叫びと重なるように、ドンッと足元に激しい衝撃が走った。ヒビキが振り返ると、後方の道路が崩壊し始めていた。道路に入った亀裂が一瞬にして大きくなる。水面に張った薄氷が壊れていくかのごとく、アスファルトで舗装された道路はみるみるうちにひび割れ、崩れた。停まっていたトラックが陥没した道路の下へと呑み込まれていく。

「アイツら、こんなことまでやってくんのかよ！」

「アンダーテイカーの奴らは既にここから離脱してるみたいだ」

「俺たちも逃げるぞ」

会話している間も、道路は壊れ続けている。衝撃で一気に脆くなったのか、前方からも後方からも崩壊が止まらない。

もうここには足場がない！

前に停まる乗用車を見つけ、ヒビキたちは苦肉の策で中央分離帯を乗り越えた。反対車線に移るが、もう既に移動ルートは残されていなかった。

道路が崩れ、防音壁が外へと倒れ込む。何台もの車が空へと投げ出され、コンクリート製の柱はへし折られたように垂直に割れた。ヒビキたちは必死に瓦礫にしがみつく。辛うじて残った足場はあまりに狭く、あまりに脆い。

瓦礫に掴まりながら、ヒビキは下を見遣る。倒壊した高架橋の真下に広がっているのは、巨大な渦だ。落ちる瓦礫や砂塵を呑み込む蟻地獄。異常な重力場が発生しているのか、その周囲は竜巻のような激しい風が吹き荒れている。小さな瓦礫や浮遊する泡が暴風に巻き込まれて滅茶苦茶に暴れ飛んでいる。

このまま倒壊した高架橋を無理によじ登れば、足場そのものが崩壊して落下する可能性が高い。だが、それ以外にここから移動する手段はない。普通の海であれば一か八かで試すだろうが、下にあるのは蟻地獄だ。落下したら最後、命の保証はない。

「罠だったか」

歯噛みするカイを嘲笑うかのように、漂流する電車の車体の上からアンダーテイカーの選手が呼びかける。

《それでは、こちらで失礼いたします》

慇懃無礼《いんぎんぶれい》な口調でスピーカー越しに告げ、彼は仲間を連れてゴールに向かって駆け出した。

「クソッ」とヒビキの口からは舌打ちが零れた。

カイはヒビキよりも高い位置におり、ウタは下にいる。互いの声は聞こえるが、どちらも手を伸ばしただけでは絶対に届かない距離だ。

その場から身を乗り出し、ヒビキは周囲を観察した。目を凝らしても使えそうな足場がない以上、漂流する野良泡に跳び移るしかない。

「待てヒビキ」

足に力を込めようとしたヒビキを制止したのはカイだった。深く被ったニットキャップが、彼の目元をヒビキの位置から見えなくしている。

「そこを跳んだら蟻地獄に引きずり込まれるぞ。アイツらの思う壺《つぼ》だ」

「じゃあどうするんだ。このままここにいるのか」

「ここにいたって勝てねぇってことくらい分かってる！　でも、お前やウタが死ぬよりよっぽどマシだろ」

唇を強く噛み、カイは俯く。

勝手に死ぬって決めつけるな。お前には関係ないだろう。普段ならば簡単に口に出していたであろう台詞が、ヒビキの脳内を巡って消えた。言えるはずがないと思った。

先ほどから、喉がひりついて仕方ない。瓦礫を掴み続ける右の手の平が、粗い断面に擦れて薄く傷付いている。いっそ、もっと明確な痛みがあればいいのに。そうしたら、この情けない気持ちも誤魔化せるのに。

「……きたねぇなぁ」

降ってきた声に、ヒビキは顔を上げる。絞り出すような声からは、カイの無念さが滲み出ていた。

「こっちが自力じゃ跳べないところに誘い込まれてたんだ。アイツらには金も道具もある。もともと勝ち目がなかったんだよ」

令洋に暮らし始めて数年が経つが、カイがこんなふうに弱音を吐いているところをヒビキは初めて見た。リーダーとしての重責がその両肩にのしかかっている。剝がれ落ちた虚勢の仮面が、音もなく蟻地獄の奥へ吞み込まれた。

首にかけたヘッドフォンをヒビキは強く握り締める。両耳を塞ぎたい、そんな衝動に不意に駆られた。耳の奥がツンと痛み、鼓膜の内側がぞわぞわと騒ぐ。

その時、

「うず」

たった二文字の言葉が、鮮明に聞こえた。暗雲の中で光る稲妻のように、その声だけがくぐもった聴覚の中でハッキリと存在感を放っている。

ヒビキはハッとして下を見た。それまで黙っていたウタが、じっと蟻地獄を見つめていた。彼女は海面を指さし、もう一度同じ言葉を繰り返す。

「うず！」

告げるや否や、ウタはひらりと渦に向かって跳躍した。

「おいっ」

聞こえた叫び声はカイのものだったのか、それともヒビキのものだったのか。軽やかに跳んだウタの身体が、嵐へと巻き込まれる。激しく吹き荒れる風に小柄な体軀が翻弄された。その頭に乗ったキャップが吹き飛び、蟻地獄へと吸い込まれる。青い髪が乱れ、その白い頰にかかる。ウタは前髪を手で搔き上げると、それからその場で身体を捻りながら回転した。前に教えた技——ダブルレッグの動きだった。

無意識のうちにヒビキは唾を吞む。ウタから目が離せなかった。彼女の口から紡がれる調べ。吐息の入り混じった歌声が、泡が奏でる曲を再現する。

逆風の中で体勢を整え、彼女は泡から泡へと跳び移る。次々と襲いかかる泡や瓦礫を器用に避け、乗りこなし、嵐の中を軽やかに駆けていく。常人離れした動きに、観客から大きな歓声が起こった。

「やっべー！」

「BBにあんな奴いたか？」

「半端ねぇって」

泡から泡へ伝い跳び、少しずつ高度を上げ、やがてウタはそびえ立つ鉄製のアンテナタワーへと跳びついた。アンテナの先端に降り立ち、彼女は振り返って大きく口を開いた。

「ヒビキ！」

こっちに来い。そう、ウタが全身で叫んでいる。瓦礫を掴む手に力を込め、ヒビキは両目を見開いた。

「ヒビキ」

次に聞こえた声は、ウタのものと違って落ち着いていた。カイの声だった。

上で瓦礫に掴まっていたカイは、滑るようにして高架橋の表面伝いに下降する。彼は先ほどまでウタがいた場所に陣取ると、その両腕を突き出して前に組んだ。

「お前だけでも跳べ」

「カイ……」

「俺にはあそこに行く力はない。でも、お前ならやれるだろ」

視線と視線が交わる。こちらを見上げるカイの眼差しには、強い光が宿っていた。行くか、行かざるべきか。逡巡は一瞬だった。カイの目を真っ直ぐに見つめたまま、ヒビキは瓦礫を掴んでいた手を離した。

滑り落ちていく身体。自分の両足がカイの腕の最も良い場所に着地するよう、ヒビキは意識を集中させる。

靴底を、しっかりと受け止められた感触があった。

「いっけえええええ！」

全身全霊で、カイが叫ぶ。ばねのように両腕が振り上げられたのと同時に、ヒビキはカイの腕を踏み台代わりにして一気に跳躍した。

その瞬間、それまで何年もくぐもっていた聴覚が突如としてクリアになった。霧が晴れたかのように、何もかもが違って聞こえる。

自由だ。そう、なぜだか思った。これまで背負い続けてきた重苦しい何かが、抜け殻となってヒビキの身体から剝がれ落ちる。

風の中、ヒビキは泡の上へと降り立つ。落ちたら待っているのは死だというのに、不思議と恐怖はなかった。耳を澄ませると聞こえる泡の音。その旋律を頼りにヒビキは次々に跳び進んだ。頰に刺さる風、乱れる前髪。渦巻く海の音と自分の呼吸音。それらと一体となったような、そんな気がする。

大きく踏み込み、ヒビキはウタのいるアンテナタワーの隣の鉄塔に着地した。ウタが目を丸くし、それから微笑む。ヒビキは強く頷いた。言葉を交わすことなく、二人はどちらからともなく進み始めた。

転がった車体を踏み、泡を跳び、瓦礫を越える。道なんてなかった。安定した足場からは程遠い。一つ一つの選択がすぐに落下へと繋がるルートだ。だが、勝つにはこれ以外の道がない。

一人なら無理でも、二人一緒なら跳び越えられる。

妨害するために跳びかかってきたアンダーテイカーの選手たちを、ヒビキは力むことなく軽やかに避ける。ジェットブーツでは不安定な泡の足場を使いこなすことは難しい。敵の腕は空を掴み、そのまま下へと落ちていく。

一人、また一人とヒビキたちが敵を追い抜く度に、観客からは大きな歓声が上がった。

両手を突いて瓦礫を跨ぎ跳び、泡の上を跳ね、身体を捻って回転する。不安定な足場であることが嘘みたいに、二人は駆けた。

胸の内側から込み上げる爽快感を、なんと名付ければいいだろう。足を動かしながら、ヒビキは隣を進むウタを見る。

彼女は笑顔だった。楽しくて仕方がないと言わんばかりに泡から泡へ跳び移っている。額から伝い落ちる汗が、宝石みたいに光っている。靡く髪。輝く瞳。疾走するその姿は美しかった。

心が高揚する。どうしようもなく、惹きつけられる。

「行こう！」

踏み込んだ弾みで、ヒビキの首からヘッドフォンが外れ落ちた。真っ逆さまに落ちていくそれに、ヒビキは一切目を向けなかった。

だって、もう自分には必要ないから。

豪快な音を立てて立ち並ぶビルが崩壊する。倒れ込む建物の隙間に身体を滑り込ませ、二人は走り抜ける。ゴール地点であるタワークレーンは、すぐ目の前にあった。

鉄製のマストに巻き付く電車は、出来の悪いオモチャみたいにくねくねと車両の繋ぎ目ごとに捻じ曲がっている。駆ける度に、鉄製の表面がガンガンと小気味よい音を立てた。

十両目の先頭車両にさえつけば、あとはタワークレーンのマストをよじ登るだけだ。六両目、七両目……。がむしゃらに走っていたヒビキの耳に届いた激しい水音。反射的に顔を向けると、アンダーテイカーのリーダーがジェットブーツを噴射させていた。

数メートル頭上から、リーダーは一気に距離を詰める。空中から落下する勢いそのままに、リーダーの脚が宙を薙ぐ。フォンッと空を切る音と共に、ヒビキの目の下に激しい痛みが走った。恐らく、靴先が掠めたのだ。ジェットを内装した靴先は鋭く、ヒビキの皮膚から赤い血が飛び散った。

視界が塞がり、一瞬だけ身体がふらつく。それでも何とか堪え、ヒビキは前進を続けた。敵は仕留めきれずにバランスを崩したのか、車体に身体が叩きつけられた。その衝撃で、それまで均衡を保っていた電車が大きく揺れた。振動が連動し、浮いていた車両が次々に落ちていく。

先を走っていたヒビキは、先頭車両から咄嗟に跳んだ。痛みを承知で、強引に出っ張り部分を掴む。左手でマストにぶら下がり、ヒビキは右手をウタへと差し出した。電車の車両は次々に落ちている。早くしないと、先頭車両が落下して跳んでもこちらに届かない！

「ウタ」

なのに、ウタはその場で立ち尽くしている。困惑した様子で彼女はヒビキの右手を見つめている。半端に開かれたその唇から、ひゅっと木枯らしのような音が鳴った。

「来いっ」

ヒビキはさらに手を伸ばした。ウタの視線が一瞬だけ脇に逸れる。その表情が、突如として引き締められた。微かに姿勢を低くし、ウタは一気に駆け出す。落ち行く車体を踏みつけ、彼女は大きく跳んだ。ジャンプした最高点、そこから彼女の身体が高度を下げる。ヒビキはウタへと合図の目線を送った。しかしそれを無視し、彼女はヒビキのすぐ傍を通り過ぎた。

どしゃっ、と何かが潰れる音。ウタの脚が、今にもヒビキに襲いかかろうとしていた敵の身体を蹴りつけていた。電車の崩壊音にジェットブーツの噴射音を紛れさせていたのだろう。敵がいただなんて全く気付かなかった。

落下する敵の身体を踏み台に、ウタは大きく捻り跳ぶ。蹴られた拍子に面が外れ、アンダーテイカーのリーダーの顔が露わになる。足掻くように伸ばされた彼の手は何も掴めず空を切った。一つ目の面が、誰もいない廃ビルの屋上にゴトリと落ちる。

敵はもういない。再度跳び上がったウタを目がけて、ヒビキはもう一度手を伸ばした。

ウタの左手がヒビキの右手を掴む。

その刹那、小さな泡の粒の群れが触れ合った箇所から噴き出した。その勢いに、ウタは咄嗟に両目を閉じた。溢れる泡は風に乗って流れ出し、彼女の肌にも付着する。脆く小さな泡が、パチンと弾ける。

ヒビキは握り締める手に、より一層力を込めた。

「ウタ、行けぇっ」

腕の痛みを誤魔化し、ヒビキは思い切り腕を振り上げた。大量の泡を放出させながら、ウタが跳ぶ。

太陽と重なり、ヒビキからはその姿が一瞬逆光になる。空を舞う黒い人型のシルエットがヒビキの網膜に焼き付いた。パーカーの左袖がひらりと靡く。そこから見えるはずの手は存在していなかった。

タワークレーンの腕《ジブ》。その付け根に二本足で着地し、ウタは上り坂となった鉄の足場を駆け抜けた。

走って、走って。

タワークレーンのてっぺん、頂きに突き刺してあるポールフラッグにウタは右手を伸ばして跳びついた。機械に差し込まれたポールを引き抜き、天高く掲げる。

わっ、と観客から割れんばかりの拍手と歓声が沸き上がった。マコトは歓喜に瞳を潤ませ、ヒビキはマストから空を見上げ、関東マッドロブスターと電気ニンジャのリーダー二人は我を忘れて抱き合っている。

ゴール地点にいたシンが、どこかホッとしたように口元を緩めた。その右手を掲げ、彼は誇らしげに告げる。

「ゲームセット！　ゲーム・ウォン・バイ――ブルーブレイズ！」

【side　ヒビキ】

マストをよじ登り、ヒビキはようやくゴール地点の屋上へと辿り着くことができた。左手を酷使したせいで、指先が真っ赤になっている。じんわりとした表面的な痛みを誤魔化すように、ヒビキは自身の右頬を拭った。右目の下はまだピリピリと痛むが、触れても血はつかない。先ほどの小さな傷はすぐに塞がったようだった。

ヒビキが視線を巡らせると、屋上の一角にいるウタの姿はすぐに見つかった。降り注ぐ太陽の日差しが、コンクリート製の床を日向と日陰に分けている。日向に集まるシンたちから遠ざかるように、ウタは隅の方でぽつんと一人佇んでいた。そのパーカーの左袖はだらんと下に垂れている。

異変に気付き、ヒビキの声には無意識に焦りが滲んだ。

「ウタ、大丈夫か」

そういえば試合の途中からウタはずっと左腕を庇っていた。慌てて歩み寄ったヒビキに、ウタは困ったように目を泳がせただけだった。さらに近付くと、ヒビキから逃れるように彼女は数歩後退りする。

小柄な彼女の体躯が、淡い影色に包まれている。影と光の境界線、ウタはヒビキがその線を越えることを許さなかった。唇を微かにしならせ、ウタは強張った笑みを見せる。

ヒビキがもう一度名を呼ぼうとしたその時、背後から騒がしい声が聞こえた。

「やったなぁ、おい！」

屋上へと上がって来たウサギが、満面の笑みでヒビキに駆け寄って来る。その後ろからカイ、イソザキ、オオサワがぞろぞろと姿を現した。興奮しているのか、ウサギはバシバシとヒビキの背を何度も叩いた。

「俺たち勝ったんだぜ、すげえよなぁ」

「ヒビキもウタもよくやった！」

カッカッカ、とカイが愉快そうに歯を見せて笑う。イソザキが労わるようにカイの肩を叩いた。

「先に俺とウサギがフォールしたのに、よくあそこで盛り返せたな」

「応援しててハラハラしたよ。二人とも、本当にお疲れ様」

オオサワがウタに笑いかける。左袖を掴んだまま、ウタはどこか照れくさそうに微笑んだ。

「ちょっとぉぉぉ！」

情けない悲鳴が頭上から聞こえ、ヒビキたちは一斉に上を向いた。コンテナにしがみついていたマコトが、釣り足場から梯子を使って下りて来る。白衣の裾が翻り、水色のスカートがそこから覗いた。

「マコトさぁん！」

意気揚々と腕を広げたカイを華麗にスルーし、マコトはヒビキに抱きついた。ぎゅっと柔らかな身体が押し付けられ、ヒビキは内心で狼狽えた。背中に回された手に、強く力が込められる。

「ヒビキ、アンタ最高よ！」

「お、おう」

マコトはバッと勢いよく身を離したかと思うと、次にウタを抱き締めた。心なしか、ヒビキの時よりも盛大だ。

「ウタも！　本当に本当にカッコよかった。怪我しないかって見っててドキドキしちゃったけど、最後はもう、信じるしかないって思って」

そろそろと右手を伸ばし、ウタはマコトの身体を抱き返した。その肩口に額を擦り付け、ウタはくすんと鼻を鳴らした。

レンズの奥にある目尻を指で擦り、マコトがぐるりとブルーブレイズのメンバーの顔を見回す。

「二人だけじゃなくみんなも、最後まで諦めないでくれてありがとう！」

その言葉に、カイが鼻息を荒くする。

「俺たちがマコトさんと令洋を諦めるわけないっすよ」

「そーそー。あと、別にマコトのためだけじゃないし。戦利品も欲しかったし？」

「もう、生意気なのはこの口？」

「いひゃひゃ」

頬を引っ張られ、ウサギが脱兎のごとくその場から逃げ出した。それを追いかけるマコトを見て、オオサワとイソザキは顔を見合わせて笑っている。

無意識のうちに、ヒビキは自身の首元に手をやった。右手は何ものにも阻まれることなくパーカーの襟に辿り着く。そしてようやく、ヒビキはヘッドフォンを失ったことを思い出した。

いつもあったものがなくなると、それだけで心許ない気持ちになる。不安は確かにあった。だけどそれ以上に、何だか清々しい気分だった。


その日の夜、令洋の食堂はいつにも増して賑やかだった。部屋の中央には戦利品の詰まったコンテナが複数個積まれており、その上にカイがドッカリと座っている。

試合後恒例の、祝勝会というやつだ。今日の試合を見守ってくれていた電気ニンジャや関東マッドロブスターの選手たち、他に観客なんかも集まっているため、普段は広いスペースが今日は手狭に感じる。

そしてヒビキはというと、人が集まっている中央の喧騒を避けるように、隅の方にあるテーブルでひっそりとしていた。隣にいるイソザキはなぜかシェイカーでプロテインを作っている。「ヒビキもいる？」と聞かれたが丁重に辞退しておいた。

「えー、本日、我々ブルーブレイズは青い炎でアンダーテイカーを焼き尽くし——そして無事、マコトさんを救出しました！」

始まったカイの演説に、周囲は「やったな」だの「やー」だの「よっ」だのと拍手しながら囃し立てている。コンテナの傍らに立っていたマコトは「ご心配をおかけしました」と頭を下げ、「無事帰って来ました」と選挙演説のように周囲に手を振っていた。

ヒビキはテーブルの上に置かれた紙コップを引き寄せた。中身はコーラだ。集まっている人々は皆、飲み物を片手に持っている。成人している人間以外は当然、ジュースかお茶だ。

ビール缶を手にしたマコトが、コホンと軽く咳払いする。

「では、ここにお集まりの愛すべき馬鹿野郎どもの益々のご活躍を祈りまして――」

缶を持った手を高らかに掲げ、マコトは嬉々として言った。

「乾杯」

「カンパーイ！」

がちゃがちゃと缶をぶつける音があちこちから聞こえてくる。イソザキに笑いかけられ、ヒビキも渋々紙コップを上に掲げた。

「くぅー、やっぱこの味よねー」

ビールを一気に呷り、マコトが気持ち良さそうに目を細めた。

「まあまあ、飲めよ飲めよ」

「おっとっと」

「自分、コーラ一気飲みします！」

「赤い炎で焼き尽くすーってか？」

「俺らのかけ声を弄ってんじゃねぇよ」

「電ニンだったら、黄色い電気で痺れさすーかな」

「ダセェ！」

「電気はダセェわ」

「うっせぇ、炎だってダサいだろ」

「あ？　表出ろや」

マコト以外の奴らも酒を飲んでいるんじゃないかというテンションで、周囲の人間はもみくちゃになってじゃれ合っている。

そこから少し離れた部屋の一角、関東マッドロブスターと電気ニンジャのリーダーは先ほどから電子機器の破壊と分解を繰り返していた。二人の周囲に散乱している撮影機材には全て一つ目のシンボルマークが入っている。アンダーテイカーから没収した品だった。

「アイツらが二度と悪ふざけできないようにしてやったぜ」

そう得意げに話す関東マッドロブスターのリーダーは空き箱の上で胡坐をかいている。

一方、電気ニンジャのリーダーは上品にパイプ椅子に座り、押収品のドローンを飛ばして遊んでいた。

あの二人、意外と仲がいいんだな、とヒビキは勝手な感想を抱いた。

「これだけ機材を失ったらアンダーテイカーの奴らも痛手だろうな。配信はしないって約束も取り付けたし」

「勝手に金儲けなんて許されねーんだよ。汚いやり方で甘い汁啜《すす》りやがって」

スンスン、とメロンパンの形をしたオモチャを嗅ぎ、関東マッドロブスターのリーダーがうっとりと目を瞑る。柔らかな発泡ウレタンで出来たそれは食品サンプルのようなリアルな見た目をしている。名前はスクイーズという。

器用にコントローラーを操作したまま、電気ニンジャのリーダーが呆れ顔で言った。

「とりあえずお前、そのいい匂いのやつ嗅ぎながら話すのやめろ」

「スクイーズ舐めてんのかゴラァ!」

「舐めてんのはお前のことだよ」

「あぁ?」

ぎゅっとスクイーズを握り潰し、関東マッドロブスターのリーダーが叫ぶ。それを飄々と受け流し、電気ニンジャのリーダーはドローンをふらりと部屋の中央へ飛ばした。中央ではカイやウサギ、イソザキが他のチームメンバーたちと談笑している。特にカイの浮かれっぷりはもの凄く、誰彼構わず絡んでいる。

「青い炎でー」

「やーきーつくす！」

コールするカイに合わせ、その場にいた奴らが一斉に腕を上げる。そのうちの一人が遅れて腕を上げたのを見て、カイが笑いながら指さした。

「遅れてねーし」

「馬鹿、おせーよお前」

口を尖らせて反論する相手を、ウサギが楽しそうに囃し立てる。

「遅かった！　一人だけ遅かった」

「そんなこと言うならもう一回やろうぜ」

「しゃあねえなあ」と頷くカイは渋々の口調を装っているが、実際のところ嬉しさを隠しきれていない。どっと笑い声が上がり、何かがツボに入ったメンバーたちは腹を抱えて笑っている。テーブルや椅子を叩いたせいで、ドンドンと激しい音が鳴った。

輪の中に再び加わろうとしたウサギが、こちらの視線に気付いたように「あ」という顔をした。その視線は何も付けられていないヒビキの両耳に釘付けだ。

座っていたコンテナから下り、ウサギがトコトコとヒビキの元へ歩み寄って来る。

「ヒビキ。その……うるさかった？」

紙コップを傾けたまま、ヒビキは目だけでウサギを見た。それをテーブルの上に置き、ただ思ったことを告げる。

「うるせぇよ、普通に」

珍しい発言者に、騒がしかった室内が静まり返る。赤ら顔で騒いでた人々は急に神妙な面持ちを浮かべて、ヒビキの方に意識を向けた。

丸い箱に入った扇形をしたプロセスチーズ。いかにも自分は普段通りですよ、と周囲に誇示するように、ヒビキはその包装を剝いだ。別に試合でもなんでもないのに、なぜだか心臓が妙にうるさかった。

「でも、今日のゲームは俺だけじゃ絶対勝てなかった」

言いにくいことを口にするのは勇気が要る。チーズの先端を齧り、ヒビキはもぐもぐと咀嚼した。塩っ辛さが舌の上に転がり、喉の奥へと押し流される。そうやって恥ずかしさを誤魔化さないと、本当の気持ちを口に出すことなんてできそうになかった。

自分の顔が紅潮しているのに気付かない振りをして、ヒビキはやっとのことで口を開く。

「その……ありがとう」

素直な言葉だというのに、なぜかそこでブルーブレイズのメンバーたちは一斉に唾を呑んだ。

「ヒビキが礼を？」

イソザキがわなわなと震えながら眼鏡を掛けなおす。

「す、すごい」

「お前どうした！　変なもんでも食ったのか」

ウサギが動揺し、カイは騒ぎ始めた。礼を言っただけなのに散々な言われようだ。

両目を輝かせたマコトが「可愛いとこあんじゃん！」と叫びながらヒビキに抱きつく。

それを見たカイは素早く動き、ヒビキとマコトの間に後ろから割って入った。

「お前ばっかりマコトさんに……ずりぃぞ！」

そう言って、カイがヒビキの首にチョークスリーパーをかけてくる。

「ちょっとやめなさい」

見兼ねたマコトがカイの顔を横から強引に手で押した。何もかもが無茶苦茶だ。

「楽しそうだ」

ふふっと近くで笑うオオサワに、ヒビキは顔をしかめた。楽しいわけがない。しかし、だからといって不愉快ということでもない。

二人になすがままにされていたヒビキは改めて室内を見回した。談笑する関東マッドロブスターや電気ニンジャのメンバーたち。小型冷蔵庫の上に座るウサギとその隣にいるイソザキは、突然辺りを見始めたヒビキの様子を窺っている。

この場にいる誰もが皆、ブルーブレイズの勝利を祝福している。だけど、肝心の今日の主役――ウタの姿がない。

「おい、どうした」

わざわざ視界を邪魔するように、カイがヒビキの顔を覗き込んでくる。

「ウタが、」

そこで一度口を閉じ、ヒビキは席から立ち上がった。もたれかかっていたマコトがその拍子にバランスを崩す。

「ごめん、俺ちょっと……」

そう言って部屋を後にしようとするヒビキに、ウサギが「おいおい」と呆れたように溜息を吐く。

「ヒビキ、そういうとこだぞ！　もっと俺たちとも――もがが」

さらに言い募ろうとしたウサギの口を「いーからいーから！」とカイが塞ぐ。ウサギは無理やりその右手を剝がしとると、カイを睨みつけた。

「何すんだよ」

「いや、お前が野暮なことすっから」

「野暮って？」

首を傾げるウサギを、イソザキがフッと鼻で嗤った。

「ウサギはまだ子供だから」

「何だよソレ」

冷蔵庫から飛び降り、ウサギが地団太を踏む。その頭を乱暴に撫でながら、カイがテーブルに置かれたコーラを手に取った。透明なペットボトルの中で茶色の液体がたぷんと揺れた。

「そんなことよりもっと飲もうぜ。せっかくの宴なんだから」

「そのテンション、酒でも飲んでるみたいだな」

笑うイソザキに、カイはニイッと口角を上げた。

「酒じゃなくて、勝利に酔ってんだよ」


ヒビキが令洋を出た途端、周囲は静寂に包まれた。夜、一人で歩くことはこれまでもよくあった。だけど先ほどまでの騒がしさにどこか名残惜しさを覚えている自分がいて、心の変化に戸惑ってしまう。

月光を浴びて光る泡の上を、ヒビキはポンと軽やかに跳んだ。夜空を見上げると、大きな月が浮かんでいる。薄っぺらな白の円には陰りがあり、見ようによってはその影が餅つきをしているウサギに見える。

昔の人間が月にウサギが住んでいると考えたのも当たり前かも、なんて普段では絶対に思わないことが脳を巡る。自覚はなかったけれど、アンダーテイカーに勝利したことで気分が高揚しているのかもしれない。

そういえば、とヒビキはかつて交わした会話を思い出す。マコトが誘拐されるよりも前、ヒビキ、ウタ、マコトの三人で食堂で勉強していた時のことだ。


「ずっと東京に残るつもりだとしても、勉強だけはしておきなさい」

これは、マコトがよく言っている台詞だ。

彼女の私室の本棚にはヒビキには難し過ぎる専門書が大量に詰め込まれていたが、棚以外の空間には小学生・中学生・高校生用の教科書なんかが乱雑に積まれていた。令洋に派遣されることが決まった際に押し付けられたものらしい。

マコト以外でも、これまで令洋に派遣された大人たちは先生役を買って出る人間が多かった。ウマが合わない大人に教えられるのは苦痛なため、どれも長続きしなかったが。

「それにしてもウタはどんくらいの学力なのかよく分かんないわねぇ。目を離した隙に私の部屋にある専門書を読んでたりもするし」

食堂の長テーブルにノートを広げ、ウタとヒビキはマコトから物理学の授業を受けていた。ノートの他に、鈴木から借りた参考書や政府指定の教科書もある。あとはウタが持ち込んだ写真ばかりの雑誌も置かれていた。表紙に採用されている写真は銀河を撮影したものだ。最新宇宙特集！　というフレーズが隅の方で躍っている。

「やっぱり、ウタがどこから来たかの謎は尽きないわね。壁泡内にずっと住んでたとしても、五年前は普通に教育機関があったわけじゃない。その割に、最初の頃のウタからは集団生活の気配はあんまり感じ取れなかったし」

「ウタだって色々あったんだろ」

ウタが雑誌の表紙を指でなぞる。星々が渦巻く銀河の上で、手袋に包まれた右手の指先がぐるぐると円を描いた。

「どこから来たかなんて大して重要じゃない。今ここにいるって事実があれば」

「へぇー？」

マコトがニヤニヤしていることに気付き、ヒビキは眉間に皺を寄せた。回していたペンを止め、軽くマコトを睨む。

「なんだよ」

「いやいや、いいこと言ってるなーって思って」

パイプ椅子を持ち出し、マコトは浅く腰掛けた。脚を組み、「ちょっと休憩しましょうか」と彼女は伸びをしながら言った。ウタはまだ写真を凝視している。

「私たちの銀河も、たしか四十五億年後にアンドロメダ銀河とひとつになるんだって」

「アンドロメダ銀河？」

「ここに写ってるやつよ。渦巻き銀河」

そう言って、マコトは爪の先端で雑誌の端をコツリと叩いた。

「地球からの距離は約二百五十万光年、地球から肉眼で見える大型銀河。地球のある天の川銀河とアンドロメダ銀河は衝突して、それから時間をかけて二つの銀河は合体するって言われてる。今よりもっと大きな銀河になるの」

二百五十万光年、とヒビキは呟いた。確か、一万光年が大体九兆五千キロメートルだ。そう考えると、数字が大き過ぎて上手くイメージすることが難しい。

「集まって、爆発して、散り散りになる。そうして私たちの身体を作る元素はいずれまた集まって、別の存在の材料になるの」

「ふーん」

随分と壮大な話だ。話半分で聞き流しながら、ヒビキはウタが弄っていた雑誌を捲った。前半は売り文句通り宇宙を特集していて、後半は自然災害や紛争の記事が載っていた。戯れに捲っていると、急にウタがページの端を押さえた。台風の衛星写真だった。

「うず」

ウタが台風の目を指で押し潰す。マコトが頷いた。

「そう。渦は銀河にも台風にも、生体分子の構造にも表れる。生命の決まったフォーム」

「はぁ、なるほど?」

「最近だと、こういう説も出てる。泡は宇宙生命体の侵略の証じゃないかって」

「宇宙生命体？」

なんだかオカルトめいてきた。眉をひそめたヒビキに気付いていないのか、マコトは意気揚々と話し続けている。

「この地球に突如として現れた泡群体は、生態系をリセットする役目を果たしている可能性がある。地球だけじゃなく、多くの惑星で同じようなことが起こっているのかもしれない。惑星を浄化し、無に戻し、新しいスタートを繰り返す。東京に降った泡は……いうなれば竹のようなものなのかも。一見するとそれぞれがバラバラに存在しているように見えるけれど、その根は全て繋がっている。泡の一つ一つだってそうで、それだけでは何の働きも持たなくとも、全体で見ると作用し合っているのかもしれない」

「かぐや姫！」

急に元気な声を出したウタに、マコトとヒビキは顔を見合わせた。無意識のうちに、ヒビキは右手で持っていたペンを回していた。繰り返す回転に意味はない。単なる手慰みだ。

「そういえば昨日、寝る前に読んだわね」

「かぐや姫を？」

「そうそう。ウタってば随分と興奮しちゃって。あ、かぐや姫といえば、こういう話もあるわよ。実はかぐや姫は月からやって来た宇宙人だったんじゃないかって」

「胡散臭い話だな」

科学的に考えて到底信じられない。マコトは眼鏡を掛けなおすと、「私だって信じてるワケじゃないわよ」と釘を刺すように言った。

「ただ、高度な生命体が人間に擬態したら、私たちに見分けることができるのかしら」

「仮にそんな生命体がいたとして、何のために地球に来るんだ？」

「理由なんてないのかも」

「は？」

「いや、厳密に言うと、私たちが生きたいと本能で思うのと同じで、その生命体はただそういうものとして存在するものなのかもしれない。人間よりも高度な生き物になれば、形態だって思考の仕方だって変わるだろうし。そもそも思考や意思を重視すること自体、人間の思い上がりに過ぎないというか……」

そこで言葉を区切り、マコトはウタを見た。真っ白なノートに、ウタはぐるぐると渦の絵を描いている。鉛筆の線で構成されたブラックホール。その表面をマコトが撫でると、指の腹にキラキラとした黒鉛が付着する。

「もしもウタがかぐや姫なら、求婚者にどんな条件を出すのかしらね」

その言葉に、ウタはピタリと鉛筆を動かす手を止めた。ブンブンと不服そうに首を横に振るウタに、マコトが首を傾げる。

「あら、何か嫌だった？」

きゅっと唇を引き結び、ウタは自分の顔を指さす。

「ウタ、にんぎょひめ」

戯れにしては真摯過ぎるその声に、マコトが驚いたように目を丸くした。そのまま「ヒビキ――」と続けようとしたウタの言葉を、「いいからいいから」とヒビキは無理やり遮った。続く言葉が容易に想像できたからだ。

『ヒビキ、おうじさま』

そう言われるところをマコトに聞かれるのは、やっぱりどこか恥ずかしかった。

【side ウタ】

夜の浮島は、昼間とは少し趣が異なる。闇夜の中に浮き上がる廃ビル。その中腹は抉れ、剝き出しになった配線や鉄心が断面から垂れている。牙を剝く獣を思わせるシルエットはどこか不気味で、近寄りがたいオーラを放つ。

その屋上。こんもりと盛り上がった植物の群れ。膨れ上がる緑を越えた先に、ウタは一人で立っていた。中身を失った左袖を握り締めながら、思考に耽《ふけ》るかのようにぼうっと水場を眺めている。都会のオアシスに存在する小さな池。その水面が微かに震えた。生まれた波紋が、静かに水の上を滑っていく。

音だ。『タワー』から聞こえる、泡の歌声。

ウタは顔を上げた。カーネーションの花弁のような、あるいは満開の桜のような、薄い膜上の重力雲が折り重なって『タワー』を起点に咲いている。

泡の音に応じるように、ウタはその音を口ずさんだ。『タワー』を取り巻く重力雲の中心がぴかりと光る。

その瞬間、ウタは泡と繋がった。

【side　ヒビキ】

「やっぱりここか」

ヒビキが浮島に辿り着くと、そこには既に先客がいた。呼びかけると、ウタはハッとした様子でこちらを振り返った。その額にうっすらと滲む汗が、彼女の輪郭を静かに撫でた。

ウタはいつものちぐはぐなセーラー服のようなトップスの上から、トレーナーを羽織っていた。ヒビキが歩み寄ると、ウタは少し表情を強張らせた。それは怯えているようにも、あるいは安堵しているようにも見えた。

ヒビキは深くは追及せず、彼女の前で足を止めた。

「出して、手」

ウタは庇うように右手で自身の左袖を強く握る。ヒビキはパーカーのポケットの中身をまさぐると、贈り物を取り出した。手作り感溢れるペンダントだ。細い紐には、渦を巻く小さな貝殻がぶら下がっている。

あの日、ウタが気に入っていた貝殻だった。

「初勝利のお祝い」

そう言いながら、ヒビキは急に不安になって左の手の平でズボンを擦った。自分で貝殻に穴を空けてみたが、プレゼントにするにはみすぼらしかったかもしれない。緊張で唾を呑むヒビキを他所に、ウタは大きく両目を瞬かせた。その唇から漏れた吐息には、間違いなく喜びの色が溶け込んでいた。

差し出されたウタの右手の上に、ヒビキはそっとペンダントを置いた。瞳を煌めかせ、ウタは宝物のように貝殻を優しく握り締めた。

「これで、波の音がいつでも楽しめます」

なんてな。という照れ隠しは胸中だけで付け加えた。ヒビキが笑いかけると、ウタもにっこりと唇に微笑を湛える。

「俺、今日、分かったんだ」

頰にかかる髪。細い首筋。華奢《きゃしゃ》な体軀。ヒビキは唇を嚙み、顔を逸らした。緊張で彼女の顔が見られなかった。ドキドキする。心臓の鼓動が身体の内側の血管を通って、指先にまで伝わっている。

「なんていうか……ずっと俺だと思ってたのは俺じゃなかった」

イソザキみたいに知的になれない。

ウサギみたいに無邪気になれない。

オオサワみたいに優しくなれない。

カイみたいにリーダーになれない。

シンみたいに導き手にはなれない。

マコトみたいに大人にもなれない。

ずっと、それでいいと思っていた。全てを諦めて、遠ざけて、そうやって生きていくのが自分なんだと思っていた。

自分なんて存在は他人の人生の傍観者に過ぎないから、喜びや幸せを摑むことを拒絶した。他人といたっていつもどこか孤独で、誰かと繫がることなんてできやしないと初めから諦めていた。だって、自分は普通じゃないから。普通の人間になれないから。

だけど、違った。普通なんてもの、本当は初めから存在しなかった。

「ウタが来て、初めて俺は俺になった」

人と一緒に駆けることがこんなにも楽しいのだと初めて知った。ふとした瞬間に目が合う喜び。辛さを分かち合えることの心強さ。それまで欠落していると信じ込んでいたものが、自分の中にもあることに気付けた。

だから、

「ありがとう」

切り揃えた前髪の下で、ウタの長い睫毛が小さく震える。そこに嵌まったアメジストのような瞳は角度を変える度にキラキラと輝いた。

浮島を漂う泡が仄《ほの》かに光り始める。最初、それは一つだった。透明な泡が、ほんのりと光を帯びる。そこから伝染するかのように、一つ、また一つと光る泡が増えていく。ピンク色、水色。光の加減によって、泡はその色を変えた。散らばる泡は複数の色の光を放ちながらも、それぞれが溶け合うことなく混ざり合っている。

泡たちはイルミネーションのように世界を飾り付け、二人を幻想的な光で包んだ。ウタはヒビキを見た。ヒビキもウタを見た。二人の双眸には、緊張と期待を纏う互いの顔が映っていた。

「俺、ウタのこと――」

ヒビキはウタへと手を伸ばす。頬に手を添えようとすると、ウタはぎゅっと強く目を瞑った。嫌だったかと思い、ヒビキは途中で手を止めた。ごくんと緊張で喉が鳴った。

ウタの顔は真っ赤だった。多分、自分の顔も同じような色をしているだろう。動かないヒビキに、ウタが恐る恐る瞼を開いた。不安と熱の入り交じった眼差しをこちらに向け、ウタは微かに唇を引き結んだ。

心臓がやけにうるさい。鼓動の高鳴りのせいで、胸がはち切れてしまいそうだ。ヒビキは左手をぐっと握り締めると、今度こそウタへと顔を近付けた。

ぎゅっ、とウタが再び目を瞑る。

その頬にヒビキが手を添えようとした瞬間、世界に歌声が轟《とどろ》いた。

空気を震わせる甘やかな音の粒。美しさと不気味さを織り交ぜた不協和音。くじらの嘆きのような、天使の合唱のような、宇宙の静寂のような、そんな音。

「この音は……」

ヒビキもウタも、ハッとして動きを止める。泡の歌だとすぐに分かった。しかし、それらが奏でる旋律は明らかに異様だった。

二人を取り巻いていた光を放つ透き通る泡。それらを圧倒するかのように、大量の泡が空を埋め尽くした。新たに現れた泡たちは、禍々しい紫色をしている。紫色の泡は互いに結びつき、ぐるぐると渦を巻きながら規則的な形を生み出す。単調な結びつきの繰り返し。その構造はヒビキに分子を思わせた。

泡は止まない。あの日のように降り続けている。

【side　マコト】

竜巻だ。少なくとも、マコトの目にはそう映った。

赤い『タワー』の頂点、細く伸びるアンテナ部分を起点に巨大な積雲が発生している。竜巻のように上へと伸びるそれは空全体を覆い、東京に夥《おびただ》しい泡の雨を降らせていた。

「どうなってんの、この泡の降り方！」

いち早く異変に気付いたマコトは、悪態を吐きながら観測室のモニターを開く。観測データは明らかに異常な数値を示している。本部の研究グループに接続されているテキストチャットには、怒濤の勢いで学者たちのコメントが流れていた。

座ってコメントを読む余裕などあるはずもなく、マコトはチャット画面はそのままにして、自分のノートパソコンを立ち上げる。これまで集め続けていたデータと比較すると、最悪の結果が導き出された。

「やっぱり、五年前と同じだ」

観測室から飛び出し、マコトは甲板へと向かった。宴の最中であったはずなのに、先ほどまで食堂にいたメンバーたちは皆、甲板に集まっていた。

手摺りに摑まり、カイたちは茫然と空を見上げていた。大量の紫色の泡が、満天の星のように空一面を埋め尽くしている。

「第二次降泡現象！」

マコトは指先を震わせながら手摺りにしがみついた。

五年前の悪夢が否が応でも蘇る。東京に残る人間たちにとって、拭い去ることのできないトラウマだ。

「今すぐ東京を出ないと」

「でも、ヒビキとウタが戻ってねぇよ」

語気を強めるマコトの腕をウサギが摑む。口元に手を添え、カイが小さく呟いた。

「アイツら、まさかあそこに？」

「心当たりがあるのか」

ウサギが跳ねる。カイは肯定も否定もせず、踵を返して足早にその場を去ってしまった。

「待てよ、カイ！」

慌てて後を追うウサギには目もくれず、マコトは観測室から持ち込んだ双眼鏡を覗き込んだ。

「なによこれ……」

目にしたものが信じられず、マコトは思わず口を覆った。『タワー』を取り巻く積雲の周りを、不透明な靄《もや》のようなものが取り囲んでいる。

膠着円盤《こうちゃくえんばん》。そんな単語が、マコトの脳裏を過る。ブラックホールや星を取り巻く、ガスやチリから形成される回転円盤のことだ。

怪しげな靄は、積雲の周りを渦巻いている。蠢《うごめ》く靄から放たれる赤い光が、『タワー』の存在をより一層不気味に見せている。

「なんだか、世界の終わりみたいね」

引き攣ったマコトの声が、夜の海へと滴り落ちた。

【side　ヒビキ】

空を漂っていた電車が、海へと突っ込む。鉄柱はひしゃげ、瓦礫が音を立てて崩れ始める。壁泡内の均衡が崩れ、全てのバランスが狂い始めている。

ピリピリとした緊張感がヒビキの皮膚の上を這った。毛穴が開き、そこからどっと汗が噴き出す。足裏に感じる振動。それは次第に大きくなり、浮島の地面そのものが傾き始めた。

崩れるビルの重力に従って、ウタの身体もまた宙へと投げ出されそうになった。羽織っていた紺色のパーカーの袖がひらめく。

「ウタ！」

何かを考える暇もなく、ヒビキはその左腕に手を伸ばした。ヒビキの手が確かに袖を摑む。が、何の手応えもなくパーカーは彼女の身体からすり抜けた。噴き出す泡がヒビキの頰にぶつかる。

ヒビキは息を吞んだ。

自力で体勢を整えたウタ。彼女が着ているトップスの半袖には、あるはずのものが存在していなかった。

「ウタ……お前、」

今にも泣きそうな顔で、ウタは身を隠すように右手で自分の身体を抱き締める。半袖から覗く左腕は途中で泡と化し、欠落している。骨も血も皮膚も、そこにはない。

衝撃で言葉に詰まる。なんと言っていいか分からなかった。黙り込むヒビキに、ウタがますます傷付いた顔をした。双眸の表面に張った水の膜は、縁のぎりぎりのところで耐えている。ウタが一歩後退りした拍子に、彼女の左腕からまた泡が零れる。小さな泡が、風に乗って、その泡の粒がヒビキの元へ流れ着く。ヒビキの鼻先で弾けた。

刹那、ヒビキの脳内に何かが巡った。本能を刺激する何かが、ヒビキの細胞一つ一つを覚醒させる。呼気が震え、全身が慄《おのの》く。

全てを塗り替える鮮烈なビジョンが、本人の意思などお構いなしにヒビキの意識を引きずり込んだ。

漆黒の闇の中で、聞き慣れたハミングが聞こえた。いつもヒビキが耳にしている泡の歌だ。

そこには宇宙があった。漆黒の闇の中に、いくつもの星々が浮かんでいる。その間を夥しい数の赤色の泡の群れが漂っている。それらは互いに響き合いながら、闇の中をゆっくりと流れていく。

宇宙に存在する星々の中にはヒビキがよく見知ったものもあった。青く光る、美しい星——地球だ。

そしてその地球の一点に、泡は狙いを定めた。東京にある赤い『タワー』。その展望台に一人の少年が佇んでいる。五年前の、まだ幼かったヒビキだ。

これは泡の記憶だ、とヒビキはそこで気が付いた。これはヒビキの記憶じゃない。もっと別の……『私』の記憶。


分厚い透明なガラス越しに、『私』はヒビキを見ている。展望台周辺にはたくさんの紫色の泡が密集していた。

「あっ、シャボン玉！」

ガラスの向こうで、少女が無邪気な声を上げる。異変に気付いた大人たちはその場から我先にと逃げ始めた。

だけど、彼はそこから動かない。ヘッドフォンを外し、じっと耳を澄ましている。

「歌だ……聞こえる……」

その瞬間、『私』は自分がそこに存在していることを認識した。

彼はあどけなさの残る顔で、『私』をじっと見つめている。その鼻先がガラスに触れて、静かに圧し潰された。彼は慌てたように手の甲で自分の鼻を拭った後、さらにガラスに近づいて壁の外を見ようとした。

右手が五本。左手が五本。合計で十本の指の先端が、べたりとガラスに押し付けられた。皮膚に刻まれた指紋は小さな渦を描いている。

『私』は静かに彼の前に姿を現した。ガラスに映る『私』は、透き通った水色をしている。

水色の泡、それこそが『私』の正体だ。

偶然にも泡の音に共鳴する個体を見つけ、それに反応して泡群体の一部が剝がれ落ちた。たまたまそこに自我が生まれ、『私』は生まれた。

「この歌は、君？」

その瞳が、真っ直ぐに『私』を捉える。『私』は一度大きく身を震わせ、ガラス越しに彼の元へとすり寄った。

「君だったんだね」

そう言って、彼は静かに微笑んだ。

彼の声を聞いていたい。手の平にそっと触れてみたい。生まれた欲求は無邪気で、だからこそなんの躊躇いもなかった。

『私』は彼を手に入れたかった。

だから、この世界に閉じ込めた。

「――人魚姫は王子様の姿を求めながら、海の上に浮かび上がった」

淡々としたウタの声が、既に開け放たれたヒビキの鼓膜を揺さぶった。

映像が途切れ、ヒビキの意識は再び現実へと戻って来た。時間はほとんど経過していないのか、二人は正面から対峙したままだった。

ウタの肩越しに、赤い『タワー』が見える。積雲の周囲をぐるりと囲む、謎の赤い輪。

「今の……」

ずきりと頭が痛み、ヒビキは自身のこめかみを押さえた。紫色の泡は降り続け、あちこちで建物が崩壊し始めている。重力場が狂い、多くの瓦礫が宙を舞った。

ウタはペンダントを握り締めたまま、悲しそうに目を細めた。潤む瞳が涙で揺らめく。

「――人魚姫の心臓は今にも破れそうだった。王子様を見るのも、今日が最後なのだから」

「今日が最後って……」

握り締めていた貝殻のペンダントを首にかけ、ウタは『タワー』を振り返る。

「呼んでる」

そう、彼女は言った。

「止めなきゃ」

止めるってなにを。ヒビキが尋ねるよりも先に、ウタは軽やかに地面を蹴った。しなやかな身のこなしで、彼女は崩れ行くビルからビルへ跳び移る。

「ウタ、待て！」

頭で考える暇もなく、ヒビキは後を追って駆け出していた。浮島から空へ向かって踏み出した途端、視界が一瞬で赤に染まった。

「――っ！」

待ち構えていたかのように周囲を漂っていた赤い泡が密集し、ヒビキの身体を閉じ込めたのだ。咄嗟に足掻くが、どれだけ手を動かしても手応えがない。

「くそっ」

身体に纏わりついた赤い泡はそのまま落下し、ヒビキの身体を海へと引きずり込んだ。

水に触れた途端、赤い泡はその場から速やかに離散した。泡にどこまで意思があるかは分からないが、ヒビキをウタから遠ざけようという狙いがあるのは間違いなかった。

必死に手を動かし、ヒビキは海面から顔を出す。

ただでさえ夜の海は危険だというのに、第二次降泡現象の影響で、海中はさらに滅茶苦茶になっていた。猛スピードで流れて来る瓦礫や車をかわしながら、ヒビキは上がれる足場を懸命に探す。しかし、足場だった箇所は崩れて沈み、どこにも行き場がない。

口内に海水が流れ込み、酸素を取り込むことも難しい。

もうダメか。

腕が痺れ、意識が遠のく。

指先の感覚すらなくなりつつあったその時、低い振動音が波を伝ってヒビキの頬に伝わった。ムース泡を切り進むように、それは真っ直ぐにこちらに向かって進んできた。

闇の中を煌々と照らす強い光。

旋回するアンテナ部。

力強く水を割る先頭部。

漆黒の海面から、巨大な光のシルエットがヒビキの前に姿を現す。

『令洋』

ライトを浴びる白の船体には、誇らしげにそう書かれていた。

「摑まれ！」

船の前甲板から、シンが救命浮き輪を投げ込んだ。ロープで繋がれたそれに、ヒビキは必死になってしがみつく。海水から顔を出せたことで呼吸が一気に安定した。朦朧としていた意識が急速にクリアになる。

シンはロープを引き上げ、そのままヒビキの身体を甲板へと持ち上げた。びしょ濡れになったヒビキに、彼はタオルを押し付けて来た。

「まずは身体を拭け」

「ありがとうございます」

濡れていたパーカーを脱ぎ、その場で絞る。ふかふかのタオルに顔を押し付けると、それだけで生き返るような心地がした。

シンが安堵したように息を吐く。

「全く、肝が冷えたよ。ところでウタはどうした」

「ウタは、その……見失ってしまって」

遠く離れていった彼女の後ろ姿を思い出し、ヒビキは顔をしかめた。何かを察したようにシンがヒビキの背を叩く。

「とりあえず、操舵室に行こう。皆もいる」

「はい」

背に触れたシンの手の平が、なぜだか燃えるように熱く感じた。


令洋の船内はどこもかしこも大騒ぎだった。

操舵室に足を踏み入れた途端、矢継ぎ早に飛び交う声がヒビキの耳に入ってくる。それぞれの設備に備え付けられた通話装置を使い、操舵室からカイが指示を出しているようだ。

「十三番まで開けた！」

「オートになったよ！　あとはもうほっといていいの？」

最初に機械から聞こえたのはイソザキの報告だった。次いで、ウサギの叫び声が内線を通して響く。

カイは受話器を耳に押し付けたまま、手元にある機械を素早く操作している。

「いいよ！　それでいい、二人共戻って来い」

波が荒れている影響で、船も大きく揺れている。マコトはパソコンと睨めっこしながら外部と通信を試みており、オオサワは令洋に避難している人間の手伝いに回っている。

ヒビキとシンは外階段を上がり、操舵室を目指していた。手摺りに摑まり、ヒビキは目の前に広がる光景に絶句する。

大量の泡が流れ込んだせいで水位が上がり、どんどんと足場が失われていく。ひしゃげた鉄塔や折れ曲がって半壊した建物は形そのままに宙へと浮き上がっていた。

「東京が、沈む」

無意識のうちにヒビキが口にした言葉は、現在の東京の惨状を正確に表していた。

「戻ったぞ」

操舵室の扉を開け、混乱する室内に向かってシンが声をかける。船を操縦しているカイを見て、ヒビキは驚きの声を上げた。

「この船、自分で動かせたのか」

「伊達にコツコツ整備してたんじゃねーよ」

カイはそう言って、顎を軽くしゃくった。

「残ってた住民や漂流中だったアンダーテイカーもさっき回収してやったよ。今は電気ニンジャたちと一緒に下の階に集まってる」

ヒビキは窓の外を見遣る。遠目からでも『タワー』上空を渦巻く禍々しい光がハッキリと目に映った。

その時、耳をつんざくような激しい共鳴音が響き渡った。調和を失った、不気味な泡の歌声。これだけの音量なのに、他の人間は誰一人として反応しない。

「これ、泡の歌だ」

ヒビキの小さな呟きに気付いたのは、すぐ隣にいたシンだけだった。

「泡の歌って？」

「ずっと聞こえてたんだ。タワーから、この歌が」

何を言っているんだと馬鹿にされるだろうか。胸中に沸いた脅えは杞憂で、シンは真剣な面持ちのままヒビキの言葉に頷いた。

「……タワーに呼ばれてたんだな、お前も」

お前も？　疑問を口に出す前に、船体が激しく揺れた。前方にある崩壊したビルを避けようと、カイが声を張り上げる。

「取り舵。左前進ふた十度！」

激しく波を割きながら、令洋は前進する。そこでようやく、先ほどまで下で作業を行っていたイソザキとウサギが戻って来た。

扉を開けて早々、ウサギが叫ぶ。

「どんどん水位が上がってるよ!」

「救助要請は」

シンの問いに、マコトは緊迫を孕んだ声で応じる。

「出してます。観測データも本部に。それにしても、どうしてこんなことが……。第二次降泡現象だなんて」

「そのダイニジコーホーゲンショーって何なんだ?」

ウサギが首を捻る。無邪気な疑問に、場の空気が一瞬だけ緩んだ。マコトが眼鏡のブリッジを手で押さえる。

「泡が降る現象って書いて、降泡現象よ。五年前の降泡現象の後、泡は休眠期間に入ったの。あの時だって世界中に泡は降ったけど、結局泡が残ったのは二十三区の壁泡内だけだった。そして今、東京以外の世界中でもここと同じように大量の泡が降ってるって報告が出てる。五年前と全く同じ流れ」

「これからどうなるって本部は予想してるんだ?」

イソザキが口を挟む。マコトは溜息混じりに答えた。

「前回の降泡現象でも建物の崩壊や水害で多くの人間が亡くなった。もしも第二次降泡現象がそれよりも泡の量が多い場合……」

「場合?」

促され、マコトは観念したように告げる。

「人類が、滅亡するかもしれない」

しん、と室内が静まり返る。ヒビキは唇を噛み、自身の左手をじっと見つめた。すり抜けていったウタの左袖の感触が、ずっと忘れられなかった。

【side マコト】

俯いて考え込んでいるヒビキの横顔を見つめていたマコトは、それどころじゃない、と意識をモニターへと強引に逸らした。

表示されたデータと照らし合わせ、現在の状況を推測する。

重力場の変化は、ウタが令洋にやって来てから起こった。そして、ヒビキとウタにしか聞こえない歌の存在。二人はずっと同じ歌を聞いていた。その発生源は『タワー』にある。

ウタと『タワー』の関連性を否定する方が難しい。だが、それを口に出せばきっとヒビキは『タワー』に向かってしまうだろう。この危険な状況下で『タワー』を目指すことが何を意味するか、マコトだって分かっていた。

モニターの上に置いた手に、マコトは強く力を込める。

「危ない！」

ウサギの悲鳴の直後、大きく船が揺れた。倒れてきたビルを令洋が回避しきれず、そのまま巻き込まれたのだ。窓の向こう側で、砕け散ったガラスの破片がばらばらと落ちていく。

「皆、大丈夫か」

壁に手を付き、シンが咄嗟に声をかける。動かなくなったハンドルを睨みつけ、カイが舌打ちした。

「クソッ、止まっちまった。しばらくはここで足止めだな」

「都外の救援待ちってこと？」とウサギが口をへの字に曲げる。「そうなるな」とシンが肩を竦めた。

「少なくとも、海に浮かんでる令洋は沈むことがない。この船ごと壁泡の外に出られたならそれが一番良かったが、ここで待つってのは悪くない手だ」

そうシンが話している傍から、ヒビキがクローゼットに掛かっているライフジャケットを漁り始めた。バトルクール用の装備を身につけるヒビキへ、皆の視線が一斉に集まる。

ヒビキは言った。まるでそれが当然のような顔をして。

「俺、タワーに行く」

「は？」

「お前いま、なんつった？」

ウサギが素っ頓狂な声を上げ、カイが眉尻を吊り上げる。マコトは服越しに自身の胸元をぎゅうっと握り締めた。やっぱり、と思った。

やっぱり、ヒビキは行ってしまう。

「今すぐタワーに行く。ウタがあそこにいるんだ」

「ヒビキぃ、何言ってんだよ。死ぬ気か？」

当惑するウサギを無視し、ヒビキは扉に手をかけようとした。その前に、シンが立ち塞がる。

「やめろ。そんな場合じゃない」

「俺が行かなきゃダメなんです」

「泡が活動期に入ってるんだ。危険過ぎる」

「危険だからなんだって言うんですか」

「普段のタワーとは違うって言ってるんだ！　お前だってこうなるかもしれないんだぞ」

ズボンの裾を捲り上げ、シンは右足を露わにした。メタリックに輝く義足が皆の視線に晒される。

気圧されたように、ヒビキはぐっと唾を呑み込んだ。シンは裾を戻すと、自身の首裏に手を添えた。

「大抵の無茶なら許せる。でも、今タワーに行ったらお前も死ぬかもしれない。五年前の出来事を忘れたとは言わせない。俺はもう二度とあの場所で死人を出したくないんだ」

「すみません、シンさん。それでも俺は――」

言葉が途切れたのは、大股で歩み寄ったカイがヒビキの肩を摑んだからだった。強引に自分の方へと振り向かせ、カイはその胸倉を摑み上げる。ヒビキは抵抗しなかった。

「お前、本気で言ってんのか？」

「あぁ」

「根拠はお前の勘だけ。泡の状態は最悪。タワーに行くには命を懸けなきゃなんねぇ。それでも、本当にウタがあそこにいるってのか」

「そうだ」

ヒビキはカイから目を逸らさなかった。胸倉を摑む手に、ヒビキは自分の手を重ねる。

「……一緒に来てくれ」

その言葉に、カイは大きく目を見開いた。はくりと息を呑み、眉間に寄せた皺をより一層深くする。

唇を噛み、深く思考し、カイは観念したように溜息を吐いた。胸倉を掴んでいた手を乱暴に離し、カイは素っ気なく告げる。

「……しょうがねぇな。今回だけだぞ」

「えぇ！　何言ってんの、カイ」

狼狽えるウサギを他所に、カイはライフジャケットを羽織った。まるで当然という態度で、二人は連れ立って操舵室を出て行ってしまった。

「おいおいおい、嘘だよな。って、あれれ！」

ウサギが振り返ると、イソザキとオオサワまでもがライフジャケットに着替えようとしている。ハンガーに掛かったライフジャケットを取り出しながら、オオサワが少し照れくさそうに口を開く。

「BBのエースにフォールさせらんないだろ」

「ウタは貴重な戦力だからな」

「イソザキまでそういうこと言う。ねぇ、マジで行くの？」

「どうするかは自分で決めろ」

扉に向かう途中、オオサワがウサギにライフジャケットを押し付けてきた。それを両手で持ち、ウサギが逡巡する。見せた躊躇いは一瞬だった。

「もう、ウチは意固地な奴らばーっかり。親の顔がみてぇわ！」

そう言って、ウサギまでもが勢いよく操舵室を出て行く。場の空気に飲まれていたシンが、扉から身を乗り出した。

「待てっ、お前たち」

「シンさん！」

そのまま追いかけようとしたシンの腕を、マコトは掴んだ。

「行かせなきゃダメです！」

「だが……ここで止めるのが大人の役目だろう」

「それはそうかもしれないですけど、でも、それでも、ヒビキとウタにしか分からないことがタワーにはある。それをあの子たちも感じてるんです」

この決断を、いつの日か自分は後悔するかもしれない。そんなことは分かっていた。それでも、マコトはヒビキたちを信じようと決めたのだ。

シンの腕を握る手に、マコトは強く力を込める。

「東京バトルクールは自主性重視でしょう！」

それに、シンは前にこう言った。

危ないことを大人が遠ざけてやれば、目に見える傷は残らない。でも、心の傷は残る。

「『やらなかった、できなかったって後悔は、いくつになっても消えない』」

あの時言われたのと、そっくりそのまま同じ台詞だ。シンの唇が震え、そこから微かに吐息が漏れる。左手で顔を覆い、シンは「参ったな」と小さく呟いた。その薬指で傷だらけの指輪が光っている。

「じゃあ俺も、後悔しないように動くしかないか」

【side ウタ】

『タワー』の展望台最奥部、その空間は闇に支配されていた。

黒という色すら存在しないような、濃縮された闇。その中央に存在する巨大なそれは、地球の言語では形容しがたい形をしていた。最も近いものは目だろうか。中核に存在する目を中心に、万華鏡に映し出された虚像に似た混沌《カオス》の花が咲いている。それは花脈の目立つヒマワリのようにも、制御できない歯車のようにも、あるいは絶望そのもののようにも見えた。

空気を震わせる、音、音、音。泡が奏でるその音はぶつかり合い、溶け合うことなく不気味な旋律を形成している。

ウタは恐る恐る手を伸ばすと、中核に存在する『目』の表面に触れた。もっと正確に言うならば、その目は赤い泡だった。

――ねえさまたちは人魚姫が海に帰って来ることを望んでいた。

不意に、マコトが読み聞かせてくれた絵本の内容を思い出す。人魚姫の姉たちは、王子に恋した人魚姫を海の世界へ連れ戻そうとした。

人魚姫はきっと、姉たちと分かち合いたかったはずだ。地上で知ったたくさんの素敵なもののことや、人を愛するとはどういうことかを。

だけど、人魚姫の姉たちはそれを拒絶する。海中に異分子を持ち込むことは許されない。

ウタは目を閉じ、核となる赤い泡に指を這わせた。

泡とは、個であり全である。

独立して存在しているように見えても、泡は泡群体の一部に過ぎない。そしてその泡全てを統括するのが、集団意思とも呼べるものだった。

実際のところ、ウタにも集団意思が何なのかは分からない。それは地球の言語で説明できるような代物ではないからだ。

ただ強いて言葉にするならば、ウタにとって集団意思に従う泡たちは姉のような存在だった。生まれた時にはそこに存在し、自分と似た働きをしている。自分とは違う個体であるが、完全に切り捨てることも、切り捨てられることも難しい。

「ねえさま」

語りかけるが、赤い泡は答えない。泡を通じて集団意思にアクセスできないのは、泡群体にとって既に自分という存在がエラーになってしまったからだろうか。

「あと少し。もう少しだけでいいから、時間をちょうだい」

そうやってここまで時間を稼いできた。だけどもう、それも限界だ。

このままじゃ、ヒビキたちを守れない。

「ねえさま」

縋るように、ウタはもう一度赤い泡に呼びかける。泡は沈黙を保っている。

泡群体の一部であった時、ウタは幸福でも不幸でもなかった。悲しさも嬉しさもなく、自己と他者との区別さえなかった。あのままでいることが、集団意思の願いだったのだろうか。今となってはもう分からない。

分かるのは、自分の犯した罪のことだけ。

ウタの脳内で、物語を読むマコトの優しい声が何度もリフレインする。ウタは人魚姫のキラキラした挿絵が好きだった。王子を救った人魚姫の、健気な愛の物語。

姉たちは人魚姫に向かって言うのだ。

——あなたは海に戻らないといけない。さあはやく。

童話の一節を反芻しながら、ウタは自分の左腕を見下ろした。

——そうしなければ、あなたは……

「泡となって消えてしまう」

その瞬間、赤い泡がウタの身体を呑み込んだ。

04. disruption

【side ヒビキ】

令洋が瓦礫によって行く手を阻まれた場所は、『タワー』からほど近いエリアだった。『タワー』との距離が短くなればなるほど空中を漂う赤い泡の数が増えていることが、目視でも確認できる。

荒れ狂った海。吹き乱れる風。そして、気紛れな重力場。コンディションは最悪だ、しかし延期は許されない。

前甲板に集まるブルーブレイズのメンバーは、最後の装備チェックを行っていた。

ヒビキはその場にしゃがみ、ジェットブーツが自分の足にピッタリとフィットしていることを確認する。

「アンダーテイカーの奴ら、商売上手だよな！」

ジェットブーツを見せびらかすように、ウサギがひらりと足先を動かす。カイが口を尖らせる。

「漂流してるとこ助けてやったんだから、もっとまけろっての」

「まあまあ、全員分用意してくれたんだからいいだろ」

「そうそう」

なだめるイソザキとオオサワも、ジェットブーツを装着している。壁泡の外の最新機器は想像していたよりもずっと軽かった。

「ヨッシャ。じゃ、いつものやっぞ」

カイ、ウサギ、イソザキ、オオサワ。四人はいつものように円陣を組んで手を重ね合わせ——そして、ヒビキの方を見た。

「ヒビキ、お前もだよ！」

噴き出すようにそう言ったカイに、ヒビキは面映《おもは》ゆい気持ちになった。嬉しいとかそういう感情になるのもおかしな気がして、ヒビキは敢《あ》えて仏頂面を作る。それでも隠し切れていなかったのか、カイが揶揄するようにニヤリと口端を吊り上げた。

重なり合った四つの手に、ヒビキは自分の手を乗せる。

「青い炎でー」

「やーきーつくす」

おう！　と叫び、五人全員で拳を突き上げる。点灯する令洋のサーチライトが華々しく赤い『タワー』を照らしだした。

デッキに立ち、五人はバトルクールのスタンバイ時と同じように横一列に並ぶ。正面に見える『タワー』は、近付くほどにその禍々しさが増している。

「やべぇ状況だなぁ」とカイが眉をひそめ、

「あの赤い泡は危険だ。取り付いて来る」とヒビキが『タワー』を取り巻く泡を指さす。

「マジか」とイソザキが唸り、

「注意しないとな」とオオサワが頷き、

「了解！」とウサギが元気よく返事をした。

ニットキャップを目深にずり下げ、カイが軽く姿勢を低くする。先ほどまでの宴の時とは違う、リーダーとしてのカイの顔だ。

「いつものゲームとは違う、油断すんなよ」

「もちろん」とヒビキは強く頷いた。

吹きつける風に、カイの長い髪が靡く。ヒビキは『タワー』の展望台を睨みつけた。

「ウタ……」

あの場所に、求める相手がいる。今の自分がなすべきことはただ一つ、今まで到達できなかったあの場所へ今度こそ辿り着くことだけだ。

「レディ、セット……ゴー！」

カイの合図をきっかけに、皆が一斉に動き始める。ヒビキは手摺りと手摺りの隙間に身を潜り込ませると、そのまま滑るように令洋から跳び降りた。

普段であれば足場として使えるはずの建物の多くが沈んでいる。崩壊したビルの一部やパイプといった端材、車に電車、さらにはカーブミラーやひしゃげたガードレールまで、ありとあらゆるものが空を飛び、ヒビキたちに襲いかかる。

迫る障害物に意識を集中させ、ヒビキはブーツの底に付けられたジェットを噴射させた。ジャンプした瞬間に一気に加速し、想定以上の飛距離が出る。強烈なアシストだ。状況が状況だと分かりつつも、ヒビキは爽快感に口元を緩めた。新たな技術を取り込むのは新鮮だった。

「わわわっ、すげぇこのブーツ」

高く跳び上がり、ウサギが無邪気に歓声を上げる。案の定、「遊んでんじゃねーぞ」とカイからたしなめる声が飛んだ。

ヒビキは右足を踏み込み、そのまま身体を捻って宙返りした。。これまでは足場がないせいで断念しなければならなかった動きも、ジェットブーツがあれば再現できる。

今度こそ、『タワー』の上に到達することができるかもしれない。

高揚と緊張で、ヒビキは唾を呑んだ。これまでだって何度も『タワー』に挑んできた。

重ねてきた失敗経験がヒビキに気を引き締めさせる。

ヒビキ、カイ、ウサギ、イソザキ、オオサワの順に進み、五人はついに『タワー』のふもとへと到着した。真下から見上げると、赤い鉄骨が入り組み、複雑なあやとりのような幾何学模様がいくつもの層をなしているのが分かる。

展望台付近には分厚い積雲が存在し、今日はそれに加えて赤い泡までもが行く手を阻もうとしている。

瓦礫に足をかけ、ヒビキは鉄骨目がけて跳んだ。そのまま流れるような動きでこれまでの挑戦で確立してきたルートを辿る。

まずふもとの鉄骨を蹴りつけ、そのまま跳躍。これまでにナイフで切り目を入れた箇所を目印に、鉄骨を蹴り、摑まり、這い上がり、また跳躍する。

「ピッチ8……9、10、クリア！」

ジェットブーツのおかげもあり、その移動速度は普段と段違いだ。「はやっ」とその様をウサギが茫然と見上げた。

「見惚《みと》れてる場合か、泡が来る」

すぐ傍の鉄骨にしゃがんでいたオオサワが珍しく強い口調で言った。浮遊している赤い泡は密集したり離散したりを繰り返している。まるで小魚の群れのようだ。

ヒビキたちは泡を避け、鉄骨を足場に右、左と跳び移るようにして『タワー』を登っていく。スタートはなかなか好調だ。だが、難度が急激に上がるのはこの先だった。『タワー』中腹、重力場の変動区域。そこに足を踏み入れた途端、ヒビキは明確な変化を肌で感じ取った。走る緊張感に、毛穴が開く。噴き出した汗が額を垂れ、ヒビキの長い睫毛に纏わりついた。

「気を付けろ!」

カイが叫んだ瞬間、重力方向が変化した。上から下へ動いていたものが、今度は下から上へ落ちていく。かと思えば、右から左へ。神様の戯れのような気紛れさで、世界のルールが変化する。

ヒビキは腕を伸ばして鉄骨にしがみつく。「どうなってんだ、こりゃ」と柱にへばりつきながらカイが呻いた。

鉄骨に跨り、イソザキがカイの身体越しに指さす。

「原因はアレだ。蜘蛛の巣が二つある」

「蜘蛛の巣が二つ?」

オオサワが首を傾げる。後ろで束ねたドレッドヘアが、バサバサと激しく揺れている。蜘蛛の巣。それは、重力異常による空間の歪みの通称だ。空間に突如として発生する、小さなブラックホール。『タワー』の展望台に近付けば近付くほど、その数は増える。そして各所に存在するブラックホールが周囲の物を引き寄せるため、蜘蛛の巣が移動したり、あるいはこちらが移動して別の蜘蛛の巣に近付くことで、重力方向が変化するのだ。

イソザキが指さしている蜘蛛の巣は、二つが近くにあるせいで威力も桁違いだった。

思わずヒビキは眉根を寄せる。

「これは……」

ベリベリベリ、メキョッ。普段、あまり耳にすることのない音がすぐ近くから聞こえてくる。『タワー』の鉄骨に固定されていた鉄板が力尽くで剝がされ、ひしゃげ、蜘蛛の巣の中に吸い込まれていった。

「とにかく近付くなよ、落下して吸い込まれたら絶対に死ぬ」

「おう」

カイの指示に従い、ヒビキたちは慎重にルートを決めていく。

その時、また重力方向が変わった。今度は左から右へと身体が動く。最後尾を進んでいたウサギの身体が、ふわりと宙に浮き上がった。伸ばした腕の、その指先が鉄骨の表面を掠り、摑みきれずに空を切る。

「フォーーール！」

ウサギの絶叫が、『タワー』内に響き渡る。ヒビキは右腕だけで身体を支え、咄嗟にウサギの方へ身を乗り出した。

た。

「ウサギ！」

誰もが最悪の事態を覚悟した。しかし、いつまで経っても衝撃音は聞こえてこなかった。

鉄骨の隙間から伸ばされた逞しい脚。そのふくらはぎ部分に、ウサギがしがみついている。「これだから危ないって言ったんだよ」と笑い交じりの低音が響いた。それを耳にした瞬間、ヒビキは自身の顔の筋肉がゆっくりとほどけていくのを感じた。緊張で身体が強張っていたのか、と今さらながら気付く。

「シンさん！」

カイの歓喜の声に、鉄骨にしゃがんだ状態で片足を伸ばしていたシンはどこか照れくさそうに顔を上げた。普段の格好とは違い、シンはボディースーツを着用していた。ピタリと身体に張り付いたスーツが、彼の筋肉のラインを鮮明に描き出している。普段はタイツで隠されている右足の義足が、今は露わになっている。メタリックな銀色が、艶やかに輝いていた。

宙吊りになっているウサギの身体を腕で引っ張り上げ、シンは大きく安堵の息を吐いた。

「そこで待ってろ」

そう言って、シンはするすると『タワー』を登って来た。義足にもかかわらず、その滑らかな動きは一切のブランクを感じさせない。その後を、先ほど救われたウサギがひょこひょこと身軽な動きで追いかける。

ヒビキたちの集まる場所へ移動し、シンは額に零れた前髪を掻き上げた。鉄骨の上に腰を下ろし、シンは自身の右足を軽く擦った。

喉を震わせ、カイが問いかける。

「あの、どうしてここに」

「お前らを連れ戻しに来たって言いたいところだが……どうしても上に行きたいっていうなら、経験者がいた方がいい」

「経験者？」

イソザキが怪訝な顔をする。いつもの口調を崩さず、シンは軽さを纏った声音で答える。

「ま、俺もお前らみたいに馬鹿やったことがあるってことだよ。ここから先、俺が先行する」

「マ、マジか！」

カイがパッと目を輝かせる。「ついにシンさんが……」と続いた声は期待と感動で震えていた。東京に残る若者の多くにとって、シンは生ける伝説だ。かつての東京では大会で華々しい結果を残し、バトルクールの発足時には指導者として多くの選手を導いた。

特にカイは前々からシンに強い憧れを抱いている。感慨もひとしおなのだろう。

細い鉄骨を伝い、ヒビキはシンの傍へと歩み寄る。シンはこちらを見ず、『タワー』の頂上を指さした。真下から見上げると、『タワー』の現状の異様さがよく分かる。

地面に立つフット部分は、鉄骨を三角形に組み合わせて繋ぐトラス構造になっている。爆発や劣化の影響で破損している部分もあるが、基本的に全てが繋がっている。

しかし、問題は展望台に至るまでのエリアだ。『タワー』のてっぺんから展望台までの四角錐のような部分は原形を留めているのだが、そこに至るまでの中腹は完全に崩壊している。いや、崩壊という表現では生温い。もっと厳密に言うならば、そこにはあるはずのものが存在しない。

上部を支えているはずの鉄骨は途中で崩壊し、土台部分と上部は完全に切り離されている。にもかかわらず、『タワー』はそこに存在する。

展望台から上の部分は、文字通り浮いているのだ。

鉄骨が繋がっていないため、ここから上部へ登るのはさらに困難さが増す。崩壊した『タワー』の断片たちはジャングルジムを無理やり引きちぎったかのような形をしており、それらが土台部分と展望台の間をあてどもなく漂っている。確かな足場がない以上、あそこを通って力尽くで展望台を目指すしか道はない。

「どう考える」

シンに問われ、ヒビキは目を凝らして頭上を見上げた。

「蜘蛛の巣を迂回して上を目指す。メインシャフトの断片を伝って、展望台に取り付く」

「しかし、最後の鉄骨から三十メートルは跳ばないと届かないぞ？　いくらこのブーツでも——」

「そのために俺がいる」

焦りの滲んだイソザキの声を、シンが遮る。

「最後の断片までのルートを俺がまず見せる」

「でも、それだとシンさんが危険だ」

咄嗟に反論したヒビキに、シンはフッと口元を緩めた。

「お前の倍はここに挑戦してきた。ルートについては熟知してる」

自嘲と誇りが綯い交ぜになった声が、ヒビキの胸を内側から揺さぶった。

『……タワーに呼ばれてたんだな、お前も』

令洋内でシンが告げた台詞を思い出す。視線が吸い寄せられ、シンの右足の義足に釘付けになる。

シンは多分、ヒビキと同じだ。

『タワー』に魅せられ、誘惑に抗えず、その身をもって恐ろしさを知った。海に落ちた後、もしもウタが助けてくれなかったら、ヒビキだってシンと同じように身体の一部——いや、最悪の場合、命すら失っていたかもしれない。

　気付けば俯いていたヒビキの肩を、シンが摑む。ジャケット越しでも、その手の平は熱かった。

「あの途中のクラックまでは重力波の干渉が薄い。俺がまず上に取り付く。後から来い、ヒビキ。お前が俺の手を摑んだら、俺が——」

「そのまま投げ上げるって？」

　続きを引き取ったヒビキに、「そうだ」とシンは頷いた。その眉尻を微かに下げ、シンはなんてことないように笑った。

「ま、摑めなきゃオシマイだがな」

「大丈夫」

　拳を握り締め、ヒビキは真っ直ぐにシンを見た。

「信じるよ、シンさんのこと」

　目を伏せ、シンはヒビキの背を優しく叩いた。赤い泡が瓦礫と共に浮上してくる。チリチリと肌が焼けるような震えに、シンが顔を上げた。重力変動の兆候だ。

　立ち上がり、シンはブルーブレイズへ振り返る。

「行くぞ」

　その声と共に、シンは駆け出した。その動きの軽やかさに、ヒビキたちは圧倒された。

滑らかな跳躍。洗練されたステップ。足場の崩壊や振動、重力の影響があるにもかかわらず、身体の軸は一切ブレていない。

「すっげぇ！」

「アレが伝説のトリッキング……」

襲いかかって来る瓦礫すらルートに組み込み、シンは右足の義足を利用して障害物を乗り越える。高度な技術を用いているはずなのに、あまりにも巧み過ぎて自分にも簡単にできそうな気になってしまう。

宙を漂う鉄骨の断面に、シンはしっかりと張り付いた。剝き出しになっている赤い鉄骨を右手で摑み、シンが左手を伸ばす。

「こっちだ」

それを合図に、ヒビキたちは動き出した。イソザキ、オオサワ、ウサギが壁面にへばりついている巨大な鉄骨を持ち上げ、強引に近くの鉄骨断片へかける。

「長くは持たない、早く渡れ！」

オオサワの言葉に、カイとヒビキは顔を見合わせて頷いた。

断片は浮遊しているため、鉄骨の重量を完全にかけてしまうと足場にしようとしている断片ごと落下する危険がある。そのため、ヒビキとカイが渡り終えるまで残り三人で鉄骨を支え続ける必要があった。

不安定な鉄骨の上に乗り、カイが一気に走り抜ける。その後をヒビキはできるだけ速やかに追った。赤い泡が来ないように気を配りながら、細い道を駆け抜ける。

「今渡った！」

向こう側へ移ったヒビキは、三人に向かって右手を掲げた。重さに耐えかねたように、彼らの腕から鉄骨が転がり落ちる。それはメキョメキョと耳障りな音を立てながら、他の瓦礫を巻き込んで蜘蛛の巣へと吸い込まれていった。

「振り返ってる場合じゃねぇぞ」

カイはそう言って、次の鉄骨へと跳び移った。シンのいるところまで、今カイがいる場所からは十メートルほど離れている。

普通に跳べば、まず届かない。

「俺がお前をシンさんのところに送ってやる。来い！」

その場にしゃがみ、カイは腕を前に突き出して手を組んだ。アンダーテイカー戦の時と同じように、自分を踏み台にしろという意味だ。

「頼んだ！」

そう叫び、ヒビキは一気に駆け出した。一つ目の鉄骨から加速し続け、カイのいる足場へと跳び移る。その勢いのまま、ヒビキは彼の手の上にしっかりと足を乗せた。

「フラッグとって来い、ヒビキ！」

カイが両腕を思い切り振り上げる。その勢いを利用し、ヒビキは大きく跳躍した。

「帰りはウタと一緒だからな」

背中越しにカイの声が聞こえる。漂流し続ける鉄骨の隙間。その間をすり抜け、瓦礫を上手くかわしながら、ヒビキはシンに向かって腕を伸ばす。

「シンさん！」

「ヒビキ、ここだ」

その時、グンッと自分の身体が引っ張られるのを感じた。軌道が大きくずれ、ヒビキの身体は予想よりも早く落下を始める。後方にあった二つの蜘蛛の巣がヒビキの身体を引き寄せたのだ。

「こんな時に厄介な――」

シンは舌打ちし、斜めに傾いた鉄骨を凄まじい勢いで滑り降り始めた。ヒビキの落下するポイントを正確に測定し、先回りする。頭の後ろで鉄骨を摑んで仰向けになったシンは、そのまま両足をヒビキへと向けた。

空を向く靴底。右足と左足の位置を見下ろし、ヒビキはそこに着地した。二人の靴底がピタリと重なり合う。ヒビキの身体を重さごと上手く受け止め、シンはそのままバネのように下半身を跳ね上げた。その衝撃で、右足の義足が脆くも砕ける。

「跳べっ」

両足で跳ね上げられ、ヒビキの身体は高く浮き上がった。ウサギたちのいる足場も、カイのいるところも、全てが小さく見える。

重力の働きもあり、ヒビキの身体はさらに上へと押し上げられる。積雲を突き抜けた先にあったのは、展望台を包む透明な膜だった。巨大な赤い泡が展望台部分をすっぽりと包み込んでいる。それを彩るように、辺り一帯に桃色の泡が散らばっていた。それはおどろおどろしくて不気味で——そして、異様な美しさがあった。

唇を舐め、ヒビキは耳を澄ませた。これだけ気流が乱れていても、ハッキリと聞こえる。ヒビキをいつも導いてくれる、泡の歌声が。

ゴールは目前。チャンスは一度きり。ウサギ、イソザキ、オオサワ、カイ……そして、シン。皆の力を借りてここまで来た。失敗は一度たりとも許されない。

目を見開き、ヒビキは目の前を漂う泡へとそっと触れた。割れないように、壊さないように。腕だけで体重を支え、逆立ちのような体勢で泡へと移った。そのまま、両手を使って優しく跳ねる。泡の持つ弾力が、ヒビキの身体を押し出した。

展望台に張られた膜にヒビキは突入する。それは割れることなく、沈み込むような柔らかさでヒビキを膜の中へと呑み込んだ。

『タワー』の赤い鉄骨にしがみ付き、ヒビキはそこでようやく息を吐いた。深い、安堵の息だった。

「来れた、のか」

展望台下の鉄骨を握ったまま、ヒビキはそっと足元を見下ろす。足場は狭く、鉄骨と鉄骨が等間隔で並んでいる。展望台に行くには、この狭い空間をよじ登る必要がありそうだ。これまでの苦労に比べれば、こんなもの大した問題ではないけれど。

「ヒビキ」

鉄骨の出っ張りにしがみ付こうとしたヒビキに、真下から声がかけられる。赤い膜に隔てられた向こう側で、シンがこちらを見上げていた。

「俺には届かなかった。……でもヒビキ、お前なら」

そこで言葉を区切り、シンは強い眼差しをヒビキに向けた。

「お前なら、助けられる」

根拠なんてない。それでも、ヒビキは確かにその言葉に背中を押された。

シンから目を逸らさず、ヒビキは大きく首を縦に振る。

ウタを連れて令洋に戻る。それだけが、今の自分を突き動かす唯一の目的だった。

鉄骨をよじ登り、ヒビキは展望台の真下へと辿り着く。ぽっかりと床に空いた四角の枠には見覚えがある。五年前に登った時にヒビキが乗った、足元が透けて見えるガラス床だ。相当な耐久性を誇っていたはずだが、爆発の衝撃でガラスが割れて抜け落ちてしまったのだろう。今では枠しか残っていない。

破片に身体が引っかからないよう気を付けながら、ヒビキは床枠から展望台へ進入した。

中をそっと覗くと、そこには異様な光景が広がっている。

――人だ。

母親の手を引く少女。ガラスにへばりつく少年。驚愕する大人たち。大勢の人間たちが、ガラス壁の外を凝視している。

彼らは皆、凍り付いたかのように微動だにしなかった。そこに肉体があるだけで、いるわけじゃない。コマ撮り映画のワンシーンみたいに一カットを切り抜いただけ。

そしてヒビキには、この光景に見覚えがあった。

「まさか……これ、五年前の……」

あの爆発の直前、皆が泡の存在に気付いた瞬間だ。フロアにもこもことした重力雲が漂っている以外、展望台内は全てが五年前のままだった。

こんなことがありえるのだろうか。まるで魔法じゃないか。動揺と困惑を隠せず、ヒビキは自身の左の拳を強く握った。皮膚の内側に爪が食い込み、チクリとした痛みが走る。残念なことに、これは夢ではないようだ。

コツリ、コツリ。ヒビキが歩く度に、異様なほど足音が響く。固まる人々の間をすり抜け、ヒビキは内部を歩き進んだ。

ガラス壁の一角。窓の外を指さす子供の姿が視界に入る。何がそんなに楽しいのか、その口元には笑みが浮かんでいた。

「あれは……俺か？」

目の前に存在する幼い自分の姿を、ヒビキはつい最近見たことがある。ウタといる時に脳内に流れ込んできたビジョンと同じだ。

ぼやけていた過去の記憶が、徐々に輪郭を取り戻し始める。


ヒビキはあの時、泡の歌声を聞いた。パニックが起きていた展望台内で、その歌を聞いていたのはヒビキだけだった。ガラス窓の外では紫色の泡が大量に空から降り注いでいる。

その中に、一つだけ色の違う泡があった。透き通る、綺麗なクリアブルー。水色の泡だった。

「この歌は、君？」

ガラス越しに手を伸ばす。それに呼応するかのように、水色の泡は大きく震えた。幼いヒビキは聞こえてくる旋律を口ずさむ。ヒビキの声と泡の歌。二つの音が重なり合い、共鳴する。

生まれた時からずっと、ヒビキの心には小さな空洞があった。何をしても埋められない、虚しい空っぽ。そしてその空っぽはきっと、目の前にある水色の泡と寸分違《たが》わず同じ形をしていた。

声と声が重なった瞬間、ヒビキには分かったのだ。今というこの時だけは、自分は独りぼっちじゃない。

「君だったんだね」

ガラス越しに、ヒビキの手と水色の泡が触れ合った。

その刹那、空に大量に散らばっていた泡が一点へと凝縮した。夥しい数の紫色の泡が集まって、そして爆発する。壁一面のガラスが吹き飛び、幼いヒビキたちに襲いかかる。

ぱちん。

漂う水色の泡が、大きく弾けた。中から溢れ出した液体がヒビキの身体を包み込み、そのまま展望台の内部に一気に侵入した。崩壊したはずの建物が、逆再生するかのごとく見る間に元通りになっていく。

これが、時間の止まった展望台の魔法の秘密だ。現実ではない架空の世界が、泡の力によって生み出された。

そしてあの時、実際のヒビキの肉体は『タワー』の外へと放り出された。水色の泡は膨れ上がり、ヒビキの身体を包み込む。爆発の衝撃で満身創痍となったヒビキは意識を失い、水色の泡が自分を地上へ下ろしてくれたことには最後まで気が付かなかった。

「五年前もそうだったんだ……」

『タワー』の爆発に巻き込まれた時。そして、『タワー』に登ろうとして海へと落ちた時。命を落としそうになった時、あの水色の泡が――ウタが、ヒビキを守ってくれた。

『高度な生命体が人間に擬態したら、私たちに見分けることができるのかしら』

マコトの言葉が不意に脳裏に蘇る。あの時の自分は考えることを放棄してはぐらかしてしまったけれど、今の自分ならきっと答えられる。

そもそも、見分ける必要なんて最初からないのだ。それが泡だろうと、人間だろうと、どんな形でも関係ない。

ウタはウタだ。ただ、それだけのことだった。

赤い泡に包まれた展望台の中は、未だに五年前のまま時が止まっている。まるでスノードームの中みたいだ。美しいだけで、そこには命の気配がない。

固まったままの幼い自分の身体に、ヒビキはそっと手を伸ばす。自身の指先がその肩に触れた瞬間、内側から弾けるようにして一斉に赤い泡が噴き出した。頭、肩、上半身……。砂細工が脆くも崩れ去るように、そこにいた人々の身体が泡と化して消えていく。

止まっていた時が、突如として動き出した。

幻影は瓦解し、赤い泡粒となって虚空へ流れ出て行く。ひしゃげた柱。割れた窓ガラス。天井は破損し、建物の多くの部分は崩壊している。目の前に立ち現れた損傷が、五年前の爆発のダメージを生々しく伝えていた。

ヒビキは振り返る。崩壊した『タワー』の中央部。建物の破れ目に広がっているのは形のない闇だった。宇宙のような空間に、赤い泡の群れが無数に散らばっている。

ぞっとした。人間が足を踏み入れてはいけない領域だと本能が咄嗟に察知する。喉が勝手に引き攣るような音を鳴らした。

闇の中には、一つの『目』があった。いや、それは目と形容するにはあまりに禍々しかった。高熱の時に見る悪夢みたいな、幻想と不気味さをかけ合わせたような巨大な異形。まん丸な目を中核に、それは極彩色の光を放っている。

今すぐに逃げ出したい衝動を堪え、ヒビキは『目』と対峙した。両目を見開き、じっとそれを観察する。その『目』は、泡だった。ヒビキの身体よりもずっと大きな泡だ。そして不定形に蠢く泡の中心に、一人の少女の姿がある。

間違いない、ヒビキが捜し求めていた存在だ。

「ウタ！」

我を忘れ、ヒビキは闇の中へと跳び込んだ。その途端、襲い来る強烈な重力によってヒビキの身体は瓦礫に叩きつけられた。この空間は蜘蛛の巣によく似ている。異常な重力場が発生し、地球のルールを塗り替えている。

瓦礫に磔《はりつけ》になったヒビキの鼓膜を揺さぶる、強烈な音色。不安と恐怖を掻き立てる泡の歌声が、遥か頭上に存在する『目』から轟いていた。頭蓋骨の内側を直接ガラスで引っ掻かれたような、強烈な不快感がヒビキの中に込み上げる。咄嗟に両耳を塞いだが、そんなものでは歌声を防ぐことはできなかった。

「ウタ！」

もう一度、ヒビキは叫ぶ。

『目』の中央部にある巨大な泡は、小さな泡の集合体のようだった。内側から外側へ飛び出したがっている水色の泡たちを、赤い泡が膜のようなもので強く押さえ込んでいる。押し合い圧《へ》し合いしている赤と水色の泡の均衡は今にも崩れそうになっている。

そして赤い泡に取り込まれた彼女の四肢もまた、泡と化そうとしていた。

「ウタ！」

今度こそ、ウタがヒビキを見た。なすがままになっていたウタが、泡の中で微かにもがく。それを邪魔するように『目』は大きく膨らんだ。

「来ちゃダメ、早く出て行って！」

捕らわれたまま、ウタが叫んだ。焦りの滲んだ表情からは、必死さが伝わって来る。

だけど、じゃあ、ウタを置いてここを去れっていうのか。そんなこと、できるはずがない！

少しでもウタの近くへ。瓦礫を足場に、ヒビキは体勢を立て直す。重力に逆らって駆けだそうとしたヒビキに向かって、どこからか発生した赤い泡の群れが襲いかかった。アレに捕まったらおしまいだ。そう、本能で理解した。

「ヒビキ！」

ウタが悲鳴を上げる。ヒビキは咄嗟に浮遊する別の瓦礫へ跳び移った。前へ、前へ。逃げ続けるヒビキを、赤い泡たちが追い続ける。どうすればいいか分からなかった。ただ、前進し続ける以外に道がない。

逃げ惑うヒビキを嘲笑うかのように、赤い泡たちはヒビキの前で密集するとその行き先を塞いだ。前からも後ろからも、赤い泡が迫って来る。重なり合った赤い泡たちは一つの巨大な泡を作り、ヒビキの身体をすっぽりと呑み込んだ。

泡の内部は液体で満たされていた。口を開いても酸素を取り込むことができず、ヒビキは息苦しさに全身をばたつかせた。それでも赤い泡はヒビキを解放しない。殺す気なのだ。

抵抗する力がついになくなり、ヒビキの四肢からはくたりと力が抜けた。視界が朦朧とし、意識が遠のく。それでも目を離したくなくて、ヒビキは必死に瞼をこじ開けた。

赤い膜の向こう側に、ウタが見える。

彼女はぐっと唇を噛み締めた。その眼差しに、稲妻のような激しい光がちらついた。それは、覚悟を決めた人間の顔だった。

「——人魚姫は王子さまを見つめて、まっしぐらに海に身を投げ出した……！」

凄まじい速度で、ウタは『目』から跳び出した。赤い泡に取り込まれていたウタの腕がその衝撃で引きちぎれる。勢いそのままに、ウタはヒビキを捕らえる赤い泡へと突っ込んだ。一点に負荷がかかり、赤い泡は水風船が破れるように割れて弾ける。

ウタの両腕に、肘から先は存在しない。それでもウタは、ヒビキの身体にしっかりと抱きついた。

ウタの身体から噴き出す大量の泡が闇の中を昇り、赤い『目』を突き破る。

生み出された水色の泡は一点に集まり、大きく膨れ上がり、東京を覆う巨大なドーム状の壁泡に風穴を開けた。透明な膜が破れ、見る間に壁泡が消えていく。水色の泡は世界中へと飛び散り、点在する赤い泡を塗り替え始めた。

守るものを失った『タワー』が、音を立てて崩壊する。

「ウタ、身体が……」

展望台から投げ出されたヒビキとウタの身体は、真っ逆さまに海に向かって落下していく。しっかりと抱き締めているはずなのに、ヒビキの腕にウタの感触はほとんどなかった。彼女の肉体を構成する水色の泡はどんどんと霧散し、欠落していく。

少しでもウタの一部を取り戻したくて、ヒビキはウタの小さな身体を掻き抱いた。彼女の両脚は既に存在していない。

未だ存在する赤い泡の生き残りが、ウタを取り返そうとヒビキを追いかける。崩れ落ちる瓦礫をジェットブーツで蹴りつけ、ヒビキは空を駆けた。移動する度に、水色の泡が落とし物のように散っていく。ウタの身体がどんどんとヒビキの手から零れ落ちていく。

迫りくる赤い泡たちは連なって線を描き、ヒビキたちを少しずつ追い詰める。ヒビキは唇を噛み、周囲を見渡した。必死だった。

壁泡がなくなったせいなのか、重力場の存在が感じられない。瓦礫も建物も落ちていくばかりだ。これまでのように浮遊する破片を利用するわけにはいかない。

傾く『タワー』の鉄骨に足をかけ、ヒビキはそれを足場にして赤い泡を避ける。地獄で踊るステップは、きっとこんな感じなのだろう。一度でも足を止めることは許されず、緊張の糸は常に張ったまま。ヒリヒリと込み上げる焦燥が、ヒビキの胸を内側から焼く。どうすればいいんだろう。どうすれば、ウタと一緒に皆のところに帰れるんだろう。

抱き締めれば抱き締めるほど、ウタの身体は崩壊していく。それでもウタはヒビキから離れようとしなかった。ヒビキの肩に額を擦り付け、彼女は静かに目を瞑る。その長い睫毛の上に、瞳から溢れた涙のような泡が絡みつく。

「ヒビキ」

名を呼ばれ、ヒビキは腕の中のウタを見た。逃げるのに必死だったヒビキの唇に、ウタの唇が押し付けられる。

その瞬間、ヒビキの脳内に再び鮮烈なビジョンが流れ込んできた。


先ほどまで赤い泡に追い立てられていたはずなのに、気付けばヒビキはそこにいた。広大な宇宙。青と緑で構成された美しい星が、ヒビキの遥か下にある。地球だった。

小学生の頃、理科の授業中に教科書で宇宙から地球を撮影した写真を見た。日本の位置くらいヒビキにだってすぐに分かる。

日本があるだろう場所の上には白い雲がかかっており、さらにその上に覆いかぶさるようにして、赤色と水色の泡が渦を巻きながらせめぎ合っていた。

優勢だと思われていた赤い泡だったが、渦の中央を陣取る水色の泡が爆発し、一気に勢力図が塗り替えられる。

それまで暴れていた赤色の泡たちは徐々に水色の泡の大群の中に呑み込まれつつあった。

「その泡は、初めからそういう存在だったの」

響いた声に、ヒビキはハッとして顔を上げた。宇宙空間に立つウタは以前と何ら変わらぬ姿をしている。トップスの袖口からは腕が覗き、スカートからは二本の脚が伸びている。

「ウタ！」

思わず、ヒビキは駆け寄ろうとした。しかし、なぜだか両脚が動かなかった。青い髪を自身の耳の後ろへ押しやり、ウタがそっと微笑んだ。

「不便でごめんね。もう力があんまり残ってなくて」

「ごめんねってなんだよ。そんなことより早く帰ろう。カイもウサギもイソザキもオオサワも、シンもマコトも……みんな、ウタを待ってる」

「うん。ごめんね」

「だから、ごめんってなんなんだよ。ウタが謝ることなんて一つもないだろ」

ヒビキの言葉に、ウタは首を横に振った。すらりとした彼女の指先が、眼下にある地球へ向けられる。

「ヒビキ、あれが地球だよ」

「地球？　いや、それより俺たちはどうなって……」

混乱するヒビキを他所に、ウタは静かに言葉を紡いだ。

「宇宙を漂い続けていた私たちが、偶然に辿り着いた星」

「私たち？」

「泡のことだよ。地球の言葉でもっと正確に言うなら、泡群体のこと。泡は人間の細胞と同じ。泡群体という存在を構成する、一つのパーツに過ぎないの。その一つ一つに意思はない。ただ、決められた働きがあるだけ」

ヒビキは擦りむいた自身の手の平を見下ろした。うっすらと赤い線を描く傷口は、瘡《かさ》蓋《ぶた》によって塞がっている。そういえば先ほど見た赤い泡たちは赤血球に似ているかもしれない、とヒビキは突拍子もないことを思った。

「泡群体は宇宙を漂い、辿り着いた星の生態系の浄化を繰り返す。ただその役目を果たすためだけに存在しているの。そして、地球は浄化対象に選ばれた。五年前のあの時、泡は地球の生態系を完全にリセットしようとした」

「完全にリセット？」

「存在する生物全てを抹消するって意味だよ。でも、途中でイレギュラーが発生したの」

ヒビキのことだよ。と、ウタはなんてことのないように告げた。背中の後ろで手を組み、彼女はどこか困ったように視線を落とす。

「泡群体は泡同士でしか聞こえない共鳴音を発してる。これまでは泡以外にこの音に反応する生命体はいなかった。だけど地球には、ヒビキがいた。特殊な聴覚で私たちの声を聞く存在が」

泡群体。宇宙。生命体。浄化。共鳴音。登場する単語のスケールが大き過ぎて、途方もない話に聞こえる。それでも、ヒビキはウタの話を疑う気にはなれなかった。これまで体験した不思議な現象の数々は、地球上の理論では説明できないものばかりだったから。

「なんで俺だけに泡の声が聞こえたんだ?」

「分からない。単なる偶然だったのかもしれないし、あるいは……運命だったのかも」

それが冗談なのか、本気なのか、ヒビキには判断できなかった。

「泡の歌に反応する生命体を見つけたことで、泡群体の一部に異変が生じた」

「異変?」

「そう」

聞き返したヒビキに、ウタはそっと微笑んだ。自身の胸に手を当て、彼女は真っ直ぐにヒビキを見つめる。

「それが、私」

そう言って、ウタは自身の心臓の辺りを軽く指で叩いてみせた。

「自分に自我があると気付いた時は本当に衝撃だった。だって、泡群体は悠久の時を超えて存在していたのに、こんなふうに意識が芽生えたのは初めてのことだったから。私にとって、ヒビキと出会えたことは奇跡だったの。ビッグバンみたいな、とんでもない衝撃」

「………」

俺だって。そう言いたかったのに、圧倒されて上手く言葉が出てこなかった。ウタが少し困ったように眉尻を下げた。

「だけどね、私にとって大切なものでも、泡群体にとっては意識や自我は単なるエラーなの。私という存在も、それと同じ」

エラー、とヒビキは口内で同じ言葉を繰り返す。なんだか機械じみた、冷たい響きをしている。

「泡群体にはね、集団意思というものがある。全ての泡を統括する、人間でいうところの脳みたいなもの。だけど私には、その脳の作用を一時的に止める力があった。そして、目覚めたばかりの私は集団意思よりも自分の意思を優先した」

「ウタの意思って？」

「ヒビキを失いたくなかった。ただ、それだけ」

「それは……」

胸が締め付けられるような心地がして、ヒビキは腕を強く握った。どうしてウタはそんなことを今にも泣き出しそうな顔で言うのだろう。世界中の罪を背負っているみたいな顔をして、彼女はヒビキのことを守りたかったのだと告白する。

「私はあの時、世界全体に降るはずだった泡の力を巨大な一つの泡に転換させた。それが、東京に出来た壁泡。私というエラーの働きかけによってダメージを負った泡群体は、修復のために休眠期間に入った。その間、生態系リセットの進行は足止めできていたんだけど、泡群体が目覚めるのは時間の問題だった」

地球の表面に集まっていた赤色の泡が、徐々にその姿を消していく。ウタの指先に纏わりついた水色の泡が、戯れるように小さく弾んだ。

「エラーとはいえ、私は泡群体の一部。目覚めた集団意思は、私をもう一度取り込もうとした。そして私は私で、集団意思に直接アクセスしてリセットを遅らせようとしたの。泡群体がもう一度眠りにつけば、今まで通りにまたヒビキたちと一緒に過ごせると思ったから。でも、上手くいかなかった。集団意思は私がアクセスすることを拒絶したから」

ウタが開いていた手を閉じると、手の中で水色の泡がぱちんと弾けた。彼女の肩越しに見える星屑が奇跡みたいに煌めいている。

「その時に分かったの。もう時間がないって。生態系のリセットを止めるには、私が覚悟を決めて集団意思を書き換えるしかないって」

「覚悟って、何の覚悟だよ」

「人間としての『ウタ』を消失させる覚悟。私は、泡に戻らなきゃならない」

「なんでだよ。泡にならなきゃなんないって、誰が決めたんだ。何か他に方法があるかもしれないだろ。それを探せば――」

「いいんだよ、ヒビキ」

ヒビキの声を遮り、ウタは大きく首を横に振った。

「ずっとね、怖かったんだ。もし私が泡だってバレたら、ヒビキに嫌われちゃうんじゃないかって。覚えてるかな、ヒビキが海に落ちた時のこと」

「覚えてるに決まってるだろ。ウタが、タワーの下の海で助けてくれて……」

「そう。あの時の、ヒビキが吐いた息の泡。あそこに含まれていた情報を基に、私の身体は形成されたの。私ね、ヒビキに触れたら泡になっちゃうんだ。他の人は平気なのに、ヒビキだけはダメなの。だから、ヒビキに触れるのも、触れられるのも怖かった。もしも私が人間じゃないって――泡だって分かったら、ヒビキは私のこと、嫌いになっちゃうんじゃないかなって」

「嫌いになんてなるわけない！」

そんな理由で、勝手な想像で、自分の気持ちを決めつけないでほしかった。もっと早く打ち明けてくれていれば。そしたら、もっとウタの心に寄り添うことができたのに。他に手段がないか一緒に考えられたのに。

「俺は……俺は、どんなウタだって、大切に思ってる」

「ありがとう。そう言ってもらえるだけで、私、嬉しい」

「そんなことぐらいで嬉しいって言うなよ。もっと楽しいこと、嬉しいこと、いっぱい一緒にやればいいだろ」

叫ぶヒビキに、ウタはただ静かに「ごめんね」と呟いた。今にも掻き消えそうな、か細い声だった。

「私、ヒビキに会うまで何も知らなかった。嬉しいって気持ちも、寂しいって気持ちも……生きているって、こんなに凄いことなんだってことも。前にヒビキ、言ってくれたよね。『ウタが来て、初めて俺は俺になった』って」

「言った。今だってそう思ってる」

即答すると、ウタは嬉しそうに目を細めた。その長い睫毛が小さく震える。嚙み締めるように、彼女は丁寧に言葉を紡いだ。

「私ね、ヒビキに会って、世界ってこんなにキラキラしてるんだ、綺麗なんだって気付いたの。だけどね、それまでは生態系をリセットしたら何が起こるのか考えたことすらなかったんだよ。本当、ひどいよね。私だって、少し前まで世界を壊す泡群体の一部だった。地球を浄化しようとしてたんだよ」

「それが何だって言うんだよ」

人間だろうが、泡だろうが、そんな違いは些細なことだ。初めて出会った瞬間から、ヒビキにとってウタは特別な存在だった。

どんな形であったとしても、ヒビキはウタに惹かれている。心の底から愛している。凍り付いたように動かない両脚に、ヒビキはがむしゃらに力を込めた。筋肉を無理やり骨から引き剝がされたような、凄絶な痛みが身体を襲う。額から汗が噴き出し、皮膚の表面がビリビリと痺れる。

二本足で立つのは難しく、這いつくばるようにして進むほかなかった。痛いと悲鳴を上げる身体を叱咤し、腕を動かすことでなんとか前進する。どれだけ痛くても構わなかった。

今、この瞬間、少しでもウタの傍にいたかったから。

「止めてっ、ヒビキの身体が持たない！」

悲鳴を上げるウタの制止を無視し、ヒビキはウタの元へと這い進んだ。少し、また少しと進み、ヒビキは右手の先でウタの足先へと触れた。現実世界とは違い、ヒビキが肌に触れてもウタの身体が泡になることはなかった。指が足先にぶつかった瞬間、ヒビキはなぜだか無性に泣きたくなった。

ウタはしゃがみ、這いつくばるヒビキの身体を抱きかかえた。その両目になみなみと湛《たた》えた水の膜は、彼女が瞬きする度に大きく揺らめき、やがて一滴の涙が零れ落ちた。それはウタの輪郭を伝い、ヒビキの頰を静かに濡らした。

「ウタ……」

息を切らしながらも、ヒビキは彼女の名を呼ぶ。手を伸ばし、その肌に残る涙の筋をそっと拭った。

「ほら、触《さわ》れる。一緒にいられる」

「うん」

痛みで意識は朦朧とし始めていたが、それでもヒビキの指には確かにウタの肌の感触が伝わっていた。一緒にいられるなら、何だってできる。二人の未来も夢も、続きがあるはずなんだ。

喉が焼けるように痛い。こんな顔を見せたくないのに、勝手に眼に涙が滲んだ。肺が痛み、激しく咳き込む。ヒビキはそれでも言葉を続けた。今この時にだけ存在する可能性の糸を、必死で手繰り寄せるように。

「これから何がしたい？　二人で海岸に行ってもいいかもな。今の東京に砂浜はないから、遠出になるけど」

「うん」

「そういえば、ウタは料理当番になったことなかったよな。ＢＢの奴らに一緒に目玉焼きを焼いてやってもいいし」

「うん」

「あとは、また一緒にバトルクールやって……。ほら、やりたいことがいっぱいだ」

「うん、うん」

「だから……だからウタ、ずっと一緒にいよう」

相槌を打っていたウタが、堪え切れないとばかりに嗚咽を漏らした。喉を震わせ、彼女はヒビキの胸に額を押し付ける。

「ヒビキ。私ね、今、本当に幸せなんだ。ヒビキに会えたから、私は私になれた。寂しいと思う心。誰かを愛おしく思う心。これが――……」

愛なんだね、と続く言葉は吐息に紛れて消えてしまった。ウタはヒビキの胸元から顔を離すと、その口元を綻ばせた。指と指を絡めるようにして、ウタはヒビキの手を握る。

「ねえ、ヒビキ。ぎゅってして」

重い腕を伸ばし、ヒビキはウタの背に手を回した。絶対に離れ離れにならないように、力いっぱい抱き締める。

ヒビキの耳元に唇を寄せ、ウタは幸せそうに目を瞑った。その唇が、静寂を秘めた言葉を紡ぐ。

「――人魚姫は暗い暗い海の底から、きらきらと輝く光をめざしてのぼっていった」

真っ暗な宇宙に、一筋の光が差し込んだ。

「――人魚姫はそこにいるだけで幸せで、その日々を何よりも、自分の命よりも、大切に思っていた」

真っ白な光がヒビキとウタを照らし出す。二人を包み込んでいた宇宙色の闇がぐにゃりと歪み、ヒビキの視界全体に靄がかかり始めた。夢の終幕は、間近だった。

ウタは告げる。ただ、静かに。

「——だから、自分のからだが海の泡となってゆくのが分かっても、少しも怖くはなかった」


気付いた時には、そこはもう現実だった。泡と化しつつあるウタの身体を抱き締めたまま、落下を続けていたヒビキの身体は海面へと叩きつけられる。二人分の衝撃で、その場に大きな飛沫が上がった。

ウタの身体が溶けださないよう、ヒビキは必死になってもがいた。口から零れる泡など気にも留めず、必死になって上昇する。ウタの目はもうほとんど開いていない。薄い瞼から覗く瞳は、透明に光るビー玉みたいだ。

「——ぶはっ」

海面から顔を上げ、ヒビキは荒い呼吸をひっきりなしに繰り返す。「ウタ、ウタ」そう何度も名を呼ぶが、腕の中の少女は返事をしなかった。

足場となる場所を必死で探し、流れ着いた瓦礫に手を伸ばす。コンクリート片を掴むと、右手に鋭い痛みが走った。先ほどの瘡蓋が剝がれ傷口が開いたらしい。赤い血が、小さな染みとなって乾いたコンクリートに浮き上がる。その上に、ヒビキはウタの身体を横たわらせた。

崩壊した東京で、自身の呼吸の音だけが聞こえる。ウタの身体は刻々と泡と化し、ヒビキが触れる度に肌の輪郭が崩れていった。

昇る朝日に照らされ、泡色に透けるウタの身体が柔らかに光る。濡れた髪が頰に張り付き、滑らかな線を描いている。腕から零れる泡は彼女の意思とは関係なく床へ垂れ落ち、身体の輪郭を少しずつなくしていく。

「行くな、ウタ」

ヒビキは零れる泡を必死になって搔き集めようとした。しかし、いくら手を動かしても指の隙間から泡は零れ落ちてゆく。

「待ってくれよ、なぁ」

堪えることができず、ヒビキは嗚咽を漏らした。ウタの身体を抱き締めても、そこにはもう感触がない。

彼女の身体が震え、きらめく無数の泡と化した。長い睫毛がぼんやりと震え、形を失いつつある唇が微かに動く。

途切れ途切れに、ウタは言った。

「……じゃあ……また、ね」

叶えられることのない約束だけが、世界に響く。

人の形をしていた水色の泡の塊がヒビキの腕をすり抜け、一斉に空へと飛び立った。無邪気に光る透明な泡たちが、朝焼けの滲む空で輝く。自身の脳内に残る残像をヒビキは必死に掻き抱いた。

「ウタ！」

そこにはもう、何もないのに。

喉が嗄《か》れるほどの慟哭も、ウタにはもう届かない。ヒビキは拳を握り締め、誰もいなくなったコンクリート片を強く殴った。視界が滲み、世界が歪む。

紡ぐべき言葉を失い、ヒビキはただウタの名を叫び続けた。守りたかった相手はもうどこにもいなかった。


「ヒビキ！」

その声が届いた時には、ヒビキの喉は嗄れていた。赤く腫れあがった両目を擦り、ヒビキは無理やり目を開ける。

目の前には、渦を巻く小さな貝殻が落ちている。ウタが最後まで首から下げていたペンダントだ。ヒビキが渡した、不格好な自作のペンダント。

拾い上げ、ヒビキは貝殻を耳に押し当てる。空洞に耳が吸い込まれ、奥からはざわめきに似た波の音が聞こえてくる。ヒビキが好きな音だ。そして、ウタが好きだった音。

「ヒビキってば！」

もう一度名を呼ばれ、今度こそヒビキはその声の方向に顔を向けた。ブルーブレイズの面々がモーターボートに乗ってこちらに向かってくるところだった。何度もヒビキの名を呼んでいるのはマコトで、先頭で大きく手を振っている。その後ろにはカイ、ウサギ、イソザキ、オオサワの姿もある。

モーターボートが進む度に、切っ先が水面を切り開いていく。上がる飛沫と振動音に、ヒビキは目を細めた。

コンクリート片の近くに着くや否や、ウサギがぴょんと軽やかにボートから跳び降りた。

「ウタは？」

その問いに、ヒビキは黙って首を横に振った。手の中にある貝殻を、強く強く握り締める。

ウサギは眉尻を下げ、気まずそうに口を引き結んだ。イソザキは眼鏡を外し、目頭を揉んでいる。オオサワはその場にしゃがみ込み、マコトは咄嗟に手で口元を覆った。

誰もが悲痛な面持ちを浮かべる中、カイだけが平常と変わらなかった。

「そうか」

そう短く呟き、カイはボートの上から身を乗り出すようにして腕を伸ばした。

「おら、とっとと帰って来い」

差し出された手を、ヒビキは見上げた。カイの目元はニットキャップによって隠され、彼が今どんな顔をしているのかは分からなかった。

ペンダントを首に下げ、ヒビキは一度小さく頷く。昔の自分と違い、今の自分には帰る場所が存在する。

カイの手を摑むと、グローブ越しでもその感触がしっかりと伝わってきた。力を込めれば、そこに確かに体温が存在していることを実感する。自分の手は、一体何を摑めたというのだろう。ウタにあれだけ救われたというのに、結局何も返せなかった。

カイの手を、ヒビキは無言で強く握る。

失ったものの大きさを見せつけられたような気がして、目頭が勝手に熱を帯びた。喉元に込み上げる哀惜を、ヒビキは唾と一緒に呑み込んだ。

甲板に上がったヒビキに、誰もがかける言葉を失っていた。沈黙を破ったのは、驚いたようなマコトの声だった。

「泡だ」

その言葉に、ヒビキは釣られるように空を見上げた。頭上から、雪のような静けさを纏って水色の泡が降り注ぐ。

――くじらの嘆きのような、天使の合唱のような、宇宙の静寂のような、そんな音。透明な朝の空気に、泡の声が響き渡る。いや、今聞こえている音は単なる泡の歌声ではない。

これは、ウタの歌声だ。

水色の泡たちは大きく渦を描きながら、赤色の泡を掻き消していく。夜の間に荒れ狂っていた海は凪ぎ、続いていた建物の崩壊の連鎖もやがて止まった。ただしんしんと、水色の泡は世界に降り続ける。どこまでも優しく、全ての人間に寄り添うように。

「あぁ……」

震える指先で、ヒビキは泡に向かって手を伸ばす。水色の泡はヒビキの指先に擦り寄るように触れると、ぱちんと弾けた。

降り止むことのないそれは、ウタが世界を守り抜いた証だった。

epilogue

【side マコト】

崩壊と再生は繰り返す。

百三十八億年前のビッグバンから、私たちの身体を作る元素は何度も集まり、星となり、燃え尽きては収縮し、放出されてきた。渦を作って混ざり合い、やがて分かれる。世界の営みは、いつもその繰り返しだ。

生物が生まれて、そして死ぬ。その連鎖の先の、ずっとずっと未来。いつかこの世界が命を終えて地球が滅びた時、私たちはまた大きな渦の一つとなるのだろう。だから——

「眩しくないか?」

降り注ぐ太陽光が、日傘によって遮られる。双眼鏡を覗き込んでいたマコトは、自分を覆う影に顔を上げた。

「シンさん、ありがとうございます」

「だいぶ涼しくなったとはいえ、今日はよく晴れてるからな」

「こんなにいい天気だと、実際に動いてるあの子たちは暑いかもしれませんね」

「やってる時の方が意外と暑さが気にならなかったりするんだよ。走ってると風が気持ちいいからかもな」

ヘアバンドから零れる前髪を掻き上げ、シンは楽しげに目を細めた。その左手首に嵌められた腕時計が、バトルクールの試合開始まで三十分を切っていることを示している。

今日の試合は、ブルーブレイズ対電気ニンジャだ。

「それにしても、あの日から随分と様変わりしましたね。東京の街も」

風に靡く髪を手で押さえ、マコトはシンに笑いかけた。シンとマコトがいるビルの屋上は、今日のバトルクールのゴール地点だ。手摺りにもたれかかる二人の背後には、目標であるポールフラッグが設置されている。

手摺りから身を乗り出すようにして、マコトは秋を迎えた東京を見下ろした。

ウタが姿を消してから、数か月が経っていた。

世界中で起こっていた降泡現象は止まり、東京を覆うドーム状の壁泡もなくなった。

一時は高い所にあった海面の水位も赤い泡の消失と共に徐々に下がり、水没した箇所は三分の一ほどに減少した。土地の復旧に伴い、今では東京の再開発事業が進められている。

崩壊したビル群の後を埋めるように、二十三区外から運び込まれたクレーンたちが今日もあちこちで新たな景観を作ろうとせっせと働いていた。

「瓦礫も車も空を飛んでないが、その分、落水した時に蟻地獄の心配をしなくてよくなったな」

「危なっかしくて見てらんなかったですよ。今の方がよっぽど健全です」

肩を竦めたマコトに、シンは「そりゃそうだな」と顎を擦りながら笑った。

赤い泡の消失で、泡の影響は確かに減った。しかし、全てがなくなったというわけでもない。

あの日降り注いだ水色の泡の力によって、世界は崩壊から免れた。水色の泡に宿ったウタの意思が、泡群体の浄化の理《ことわり》を書き換えたのだ。災厄は救済へ。滅びの象徴であった泡は、今では違う形となってこの地に溶け込んでいる。

水色の泡は今でも東京に点在し、当たり前のように空を漂っている。それがどのような影響を世界に与えているのかは、現在の科学では解明されていない。

だが、マコトには分かるのだ。この泡は優しい色をしている、と。

手摺りに腕を乗せ、シンがマコトへと顔を向けた。

「マコトもやってみるか？」

「何をですか？」

「バトルクール」

「い、いやいやいや、無理ですよ！　私、運動音痴ですもん」

「別に、試合に出るだけがバトルクールじゃない。跳んで走って、東京の街を楽しめばいい。基本的なことなら俺が教えてやれるしな」

「シンさんが……」

それは少し、いや、かなり魅力的な誘いだった。咄嗟に頷きそうになり、しかしマコトはそんな己を戒める。なんせ自分は運動音痴だ。小学校時代の体育の授業を思い出すと、シンに無様な姿を晒す羽目になるのは確定的だった。

『でもさぁ、恋愛なんて無様になったもん勝ちじゃない？』と得意げに語る大学時代の友人の台詞を、なぜか急に思い出す。そういえば彼女とも長らく会っていない。東京の調査が一段落したら、久しぶりに会おうと誘うのもいいかもしれない。

生きてさえいれば、人生には何度だってチャンスが訪れる。

「あの、考えておきます」

マコトの言葉に、シンは「そうか」と目を細めた。その眼差しの柔らかさに、自分の頬が一気に熱を帯びるのを感じる。赤面しているのを誤魔化そうと、マコトは「あぁ！」とわざとらしく大きな声を上げて手摺りからさらに身を乗り出した。指をさした先には、ブルーブレイズの面々が集まっている。ただし、一人を除いてだが。

「ヒビキったら、また一人で行動してる」

「あの子に報告してるんだろ。すぐに戻って来るさ」

こちらに向かって手を振るブルーブレイズのメンバーに手を振り返しながら、シンは感慨深げに言った。

「なんせ、アイツはもう独りじゃないからな」

【side　ヒビキ】

あの日起こった第二次降泡現象。それを経てもなお、ヒビキの育てた浮島の楽園はその形を残していた。最初から脆くなっていた建物だ、崩壊を免れたのは奇跡としか言いようがない。

錆びついたバスに乗り込み、ヒビキは一人シートに座る。試合開始の十分前には待機場所に行かないと、あのダサいコールに参加しそびれてしまう。そうなったら多分、カイたちにどやされる。

「遅いぞヒビキ！」なんて叫ぶウサギの姿を想像し、ヒビキはふっと口元を緩めた。ウタがいなくなってからも、ヒビキたちの東京での生活は続いている。

どれだけのものを失おうとも、日々はただ、繰り返される。

それでも、この世界にはウタと時間を共にした痕跡が確かに存在していた。

『ウタ』と名前が書き込まれたプラスチックカップ。借りたままの参考書。何度も読み返した跡の残る絵本。拙い渦の落書き。貝殻のペンダント。そして、世界を彩る水色の泡。

ペンダントの貝殻を指で撫で、ヒビキは天井を見上げた。その鼻先に、ふわりと水色の泡が漂い寄って来る。手を伸ばして指先で優しく跳ね上げると、泡はくすくすとおかしそうに身を捩るようにして震えた。

「最近さ、ＢＢは負け知らずなんだ。ウタがいたらもっと凄かったのかもしれないけど」

独り言に、相槌を打つ人間はいない。だけど、それで良かった。

「応援しててくれよ。今日も勝つから」

ヒビキの言葉に呼応するかのように、水色の泡が宙を舞う。ガラスのない窓枠から吹き込む風に、ヒビキは目を細めた。真四角の枠の向こうでは、いつだったか植えたコスモスの花が咲き乱れている。鮮やかな赤色をした花弁が、淡い緑に紛れて揺れていた。小さな鳥のさえずり。草花が風にそよぐ音。世界を構成する多くのものを、今の自分は心の底から美しいと思える。

ヒビキはシートから立ち上がると、空っぽの車内を見た。充満する秋の匂いがヒビキの胸を締め付ける。夏はもう終わった。東京だって、変わった。でも、多くのものが変わったとしても、変わらないものだってきっとある。

手の中にある貝殻を握り締め、ヒビキはあの日交わした約束の言葉を口にした。

「それじゃあ、また」

fin.

参考 URL

〈YouTube〉

海上保安庁

【海上保安庁】最新鋭の大型測量船「平洋」を初公開！# 1

https://www.youtube.com/watch?v=tJPSiP3QjsU

【海上保安庁】最新鋭の大型測量船「平洋」を初公開！#2

https://www.youtube.com/watch?v=DZ5F3E_v9w

【海上保安庁】最新鋭の大型測量船「平洋」を初公開！#3

https://www.youtube.com/watch?v=XkZW4JeIeEg

解説

荒木哲郎

今回、ノベライズを武田綾乃さんという、本当に才能のある方にお願いできることになり、それを聞いた自分は逆に、おののいてしまいました。ちょっと申し訳ない気持ちになったのです。と言いますのは、この映画「バブル」は、「動いている絵で見たとき気持ちいいように」ストーリーがチューンされています。ちょっとした描写ひとつ、設定ひとつとっても、お客さんに飲み込んでもらう際に「絵でやる」ことを前提に流れが組まれています。だから自分は、「絵なしでも面白い話なのかな、これは？」と、ノベライズというものの存在意義自体を、正直疑っていました。

しかし、もう読んで下さった皆さんなら共感して頂けると思いますが、全くの杞憂《きゆう》でした。言葉のプロの力をなめていたと言われても反論できません。失礼千万でした。この「言葉で表現された『バブル』」は、映像とは全く違うアプローチで、より豊かな世界を表現してくれていました。

各キャラクターの過去についての詳細や、細かい感情の揺れの描写が、それぞれのシーンをより輝かせてくれました。映画では尺の都合で泣く泣くカットした、支援物資を届けて回るブルーブレイズの義賊的な活動も、ノベライズで日の目を見てとても嬉《うれ》しかったです。

そして何より、泡の正体。目的。虚淵玄《うろぶちげん》さんに詳細に設定して頂いていたそれを、映画ではほとんど伝えることができませんでした。それをこんなにも情感を込めて、豊かに表現して下さったことに感謝いたします。絵が無いのに、ではなく、言葉だからこそ、この情感はこんなにもしっかりと伝わるのだ、と思いました。

もはやこのノベライズと映画はふたつでひとつ。それぞれの長所を生かして描かれたふたつの「バブル」は、合わさってより大きな世界を表現し得ていると思います。

そのような素晴らしい仕事をして下さった武田綾乃さんに感謝しつつ、我々がこの物語に込めた「気持ち」が、多くの人に伝わることを願っています。

（あらき・てつろう　アニメーション監督）

本書は、映画「バブル」（監督：荒木哲郎、原作：バブル製作委員会）をもとに、集英社文庫のために書き下ろされた作品です。

本文デザイン／高橋健二（テラエンジン）

集英社文庫　目録（日本文学）

集英社文庫　目録（日本文学）

田中啓文　鍋奉行犯科帳 お奉行様の土俵入り
田中啓文　鍋奉行犯科帳 お奉行様のフカ退治
田中啓文　鍋奉行犯科帳 猫と忍者と太閤さん
田中啓文　鍋奉行犯科帳 風雲大坂城
田中啓文　浮世奉行と三悪人
田中啓文　俳諧でぼろ儲け 浮世奉行と三悪人
田中啓文　鴻池の猫合わせ 浮世奉行と三悪人
田中啓文　えびかに合戦 浮世奉行と三悪人
田中啓文　ジョン万次郎の失くしもの 浮世奉行と三悪人
田中啓文　大塩平八郎の逆襲 浮世奉行と三悪人
田中啓文　さもしい浪人が行く 元禄八犬伝 一
田中啓文　天下の豪商と天下のワル 元禄八犬伝 二
田中啓文　歯嚙みする門左衛門 元禄八犬伝 三
田中啓文　天から落ちてきた相撲取り 元禄八犬伝 四
田中優子　世渡り万《よろず》の智慧袋 江戸のビジネス書が教える仕事の基本
田辺聖子　花衣ぬぐやまつわる…(上)(下)

田辺聖子 工藤直子　古典の森へ 田辺聖子の誘う
田辺聖子　夢渦巻
田辺聖子　鏡をみてはいけません
田辺聖子　楽老抄 ゆめのしずく
田辺聖子　セピア色の映画館
田辺聖子　姥ざかり花の旅笠 小田宅子の「東路日記」
田辺聖子　夢の櫂こぎ どんぶらこ
田辺聖子　愛を謳《うた》う
田辺聖子　あめんぼに夕立 楽老抄II
田辺聖子　愛してよろしいですか？
田辺聖子　九時まで待って
田辺聖子　風をください
田辺聖子　ベッドの思惑
田辺聖子　春のめざめは紫の巻 新・私本源氏
田辺聖子　恋のからたち垣の巻 異本源氏物語
田辺聖子　ふわふわ玉人生 楽老抄III

田辺聖子　恋にあっぷあっぷ
田辺聖子　返事はあした
田辺聖子　お気に入りの孤独
田辺聖子　お目にかかれて満足です(上)(下)
田辺聖子　そのときはそのとき 楽老抄IV
田辺聖子　われにやさしき人多かりき わたしの文学人生
谷瑞恵　思い出のとき修理します
谷瑞恵　思い出のとき修理します2 明日を動かす歯車
谷瑞恵　思い出のとき修理します3 空からの時報
谷瑞恵　思い出のとき修理します4 永久時計を胸に
谷瑞恵　木もれ日を縫う
谷川俊太郎　わらべうた
谷川俊太郎　これが私の優しさです 谷川俊太郎詩集
谷川俊太郎　ONCE —ワンス—
谷川俊太郎　谷川俊太郎詩選集 1
谷川俊太郎　谷川俊太郎詩選集 2

集英社文庫　目録（日本文学）

谷川俊太郎　谷川俊太郎詩選集 3
谷川俊太郎　二十億光年の孤独
谷川俊太郎　62のソネット＋36
谷川俊太郎　谷川俊太郎詩選集 4
谷川俊太郎　私の胸は小さすぎる 恋愛詩ベスト96
谷川俊太郎　いつかどこかで 子どもの詩ベスト147
谷崎潤一郎　谷崎潤一郎犯罪小説集
谷崎潤一郎　谷崎潤一郎マゾヒズム小説集
谷崎潤一郎　谷崎潤一郎フェティシズム小説集
谷崎由依　鏡のなかのアジア
谷村志穂　なんて遠い海
谷村志穂　シュークリアの海
谷村志穂・飛田和緒　ごちそう山《さん》
谷村志穂　ベリーショート
谷村志穂　妖精愛
谷村志穂　カンバセーション！
谷村志穂　白の月
谷村志穂　恋のいろ
谷村志穂　愛のいろ
谷村志穂　3センチヒールの靴
谷村志穂　空しか、見えない
谷村志穂　ききりんご紀行
種村直樹　東京ステーションホテル物語
田村麻美　ブスのマーケティング戦略
千早茜　魚《いお》神《がみ》
千早茜　おとぎのかけら 新釈西洋童話集
千早茜　あやかし草子
千早茜　人形たちの白昼夢
千早茜　わるい食べもの
蝶々　小悪魔な女になる方法
蝶々・伊東明　恋セオリー39 男をトリコにする
蝶々　小悪魔A《アゲ》♥ 恋する女子たち、悩まず愛そう
蝶々　上級小悪魔になる方法
蝶々　恋の神さまBOOK
陳舜臣　日本人と中国人
陳舜臣　耶《や》律《りつ》楚《そ》材《ざい》(上)(下)
陳舜臣　チンギス・ハーンの一族 1 草原の覇者
陳舜臣　チンギス・ハーンの一族 2 中原を征く
陳舜臣　チンギス・ハーンの一族 3 滄海への道
陳舜臣　チンギス・ハーンの一族 4 斜陽万里
陳舜臣　曼陀羅の山 七福神の散歩道
塚本青史　呉越舷《げん》舷《げん》
柘植久慶　21世紀サバイバル・バイブル
辻仁成　ピアニシモ
辻仁成　旅人の木
辻仁成　函館物語
辻仁成　ガラスの天井
辻仁成　ニュートンの林檎(上)(下)

集英社文庫　目録（日本文学）

辻　仁成　千年旅人
辻　仁成　嫉妬の香り
辻　仁成　99才まで生きたあかんぼう
辻　仁成　右岸（上）（下）
辻　仁成　白仏
辻　仁成　日付変更線（上）（下）
辻　仁成　父 Mon Père
辻原　登　許されざる者（上）（下）
辻原　登　東京大学で世界文学を学ぶ
辻原　登　韃靼の馬（上）（下）
辻原　登　冬の旅
津島佑子　ジャッカ・ドフニ　海の記憶の物語（上）（下）
辻村深月　オーダーメイド殺人クラブ
堤　堯　昭和の三傑　憲法九条は「救国のトリック」だった
津原泰水　蘆屋家の崩壊
津原泰水　少年トレチア

津村記久子　ワーカーズ・ダイジェスト
津村記久子　深澤真紀　ダメをみがく　“女子”の呪いを解く方法
津本　陽　月とよしきり
津本　陽　龍馬　一　青雲篇
津本　陽　龍馬　二　脱藩篇
津本　陽　龍馬　三　海軍篇
津本　陽　龍馬　四　薩長篇
津本　陽　龍馬　五　流星篇
津本　陽　幕末維新傑作選　最後の武士道
津本　陽　巨眼の男　西郷隆盛　1〜4
津本　陽　深《じん》重《じゅう》の海
津本　陽　下天は夢か　一〜四
津本　陽　まぼろしの維新　西郷隆盛、最期の十年
手塚治虫　手塚治虫の旧約聖書物語①　天地創造
手塚治虫　手塚治虫の旧約聖書物語②　十戒
手塚治虫　手塚治虫の旧約聖書物語③　イエスの誕生

寺地はるな　大人は泣かないと思っていた
天童荒太　あふれた愛
戸井十月　チェ・ゲバラの遥かな旅
戸井十月　ゲバラ最期の時
藤堂志津子　かそけき音の
藤堂志津子　昔の恋人
藤堂志津子　秋の猫
藤堂志津子　夜のかけら
藤堂志津子　アカシア香る
藤堂志津子　桜ハウス
藤堂志津子　われら冷たき闇に
藤堂志津子　夫の火遊び
藤堂志津子　ほろにがいカラダ　桜ハウス
藤堂志津子　きままな娘　わがままな母
藤堂志津子　ある女のプロフィール
藤堂志津子　娘と嫁と孫とわたし

集英社文庫

バブル

2022年4月30日　第1刷　　定価はカバーに表示してあります。

著　者　武田綾乃《たけだあやの》

発行者　徳永　真

発行所　株式会社 集英社
東京都千代田区一ツ橋2-5-10　〒101-8050
電話　【編集部】03-3230-6095
【読者係】03-3230-6080
【販売部】03-3230-6393（書店専用）

印　刷　大日本印刷株式会社

製　本　大日本印刷株式会社

フォーマットデザイン　アリヤマデザインストア　　マークデザイン　居山浩二

Printed in Japan ISBN978-4-08-744376-9 C0193